用九柑仔店

4

夢想與現實的拋物線

阮光民

＝目次＝

Canon

HAPPY
BIRTHDAY

HAPPY
BIRTHDAY

第一話。

拋物線

從這點到那點不著痕跡的傳遞，
是點跟點之間才清楚的事。

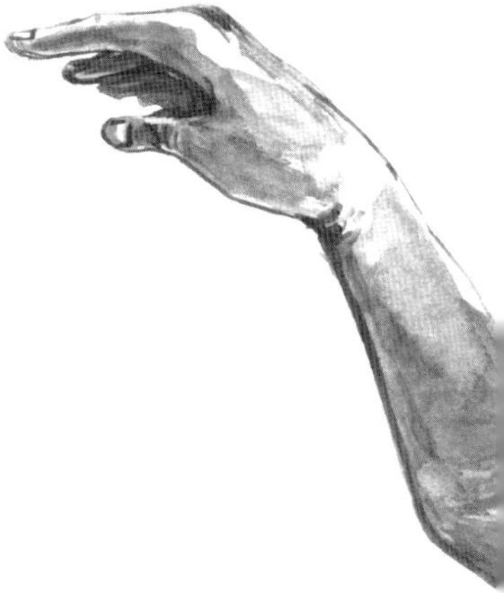

親愛的！
喀啦！
親愛的 我回來囉。

老公你回來啦。
餓了吧，快來吃飯。

終於快卸貨了，辛苦妳了。
感覺像在做夢。
從妳答應嫁給我到現在孩子快出世了……
唔！
怎麼了？
開始陣痛了……
我去拿車鑰匙！
呃！
鑰匙咧！
怎麼不見了？
我明明放在這裡啊！

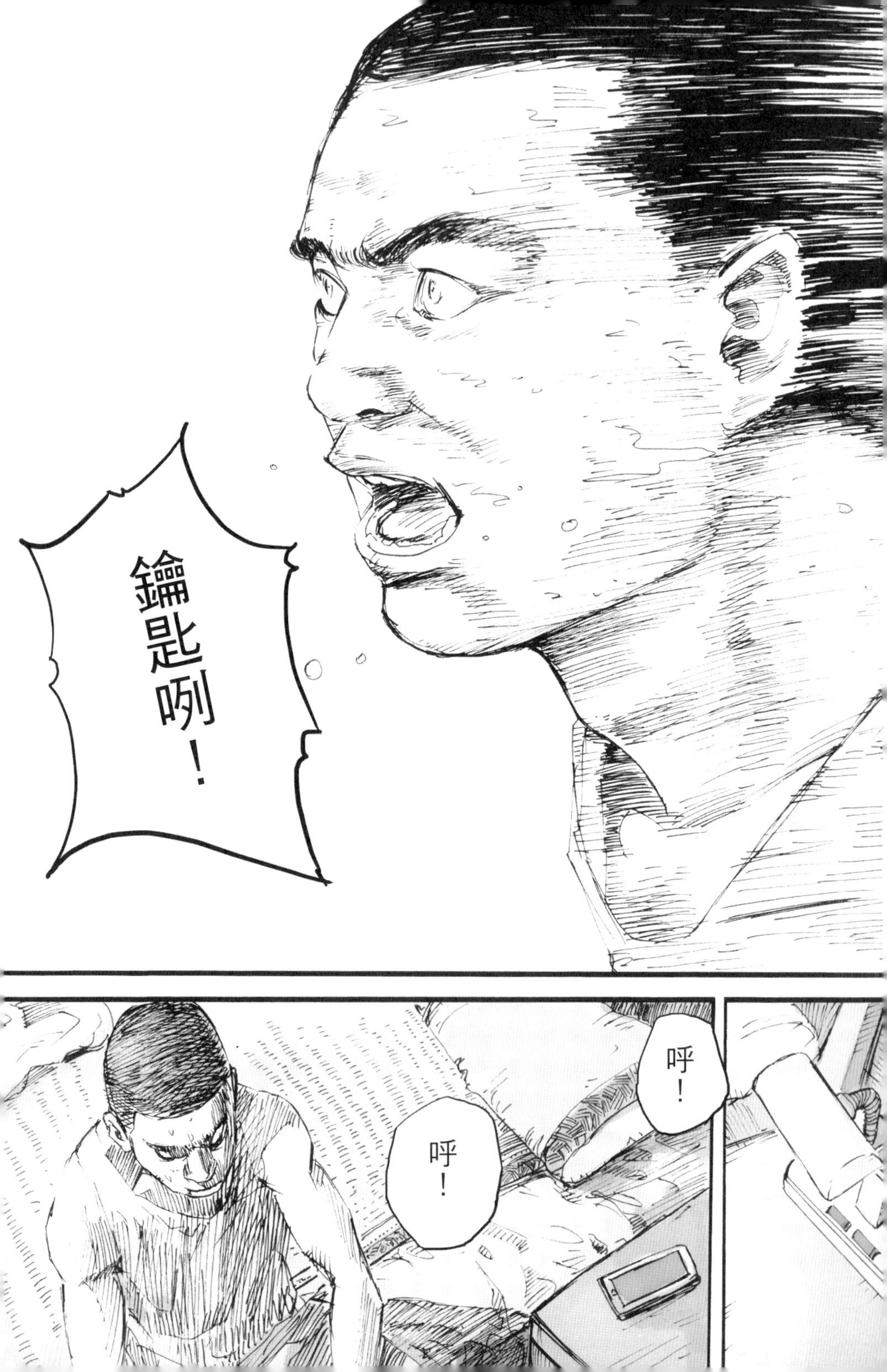
鑰匙咧！
呼！
呼！

兩金哥……

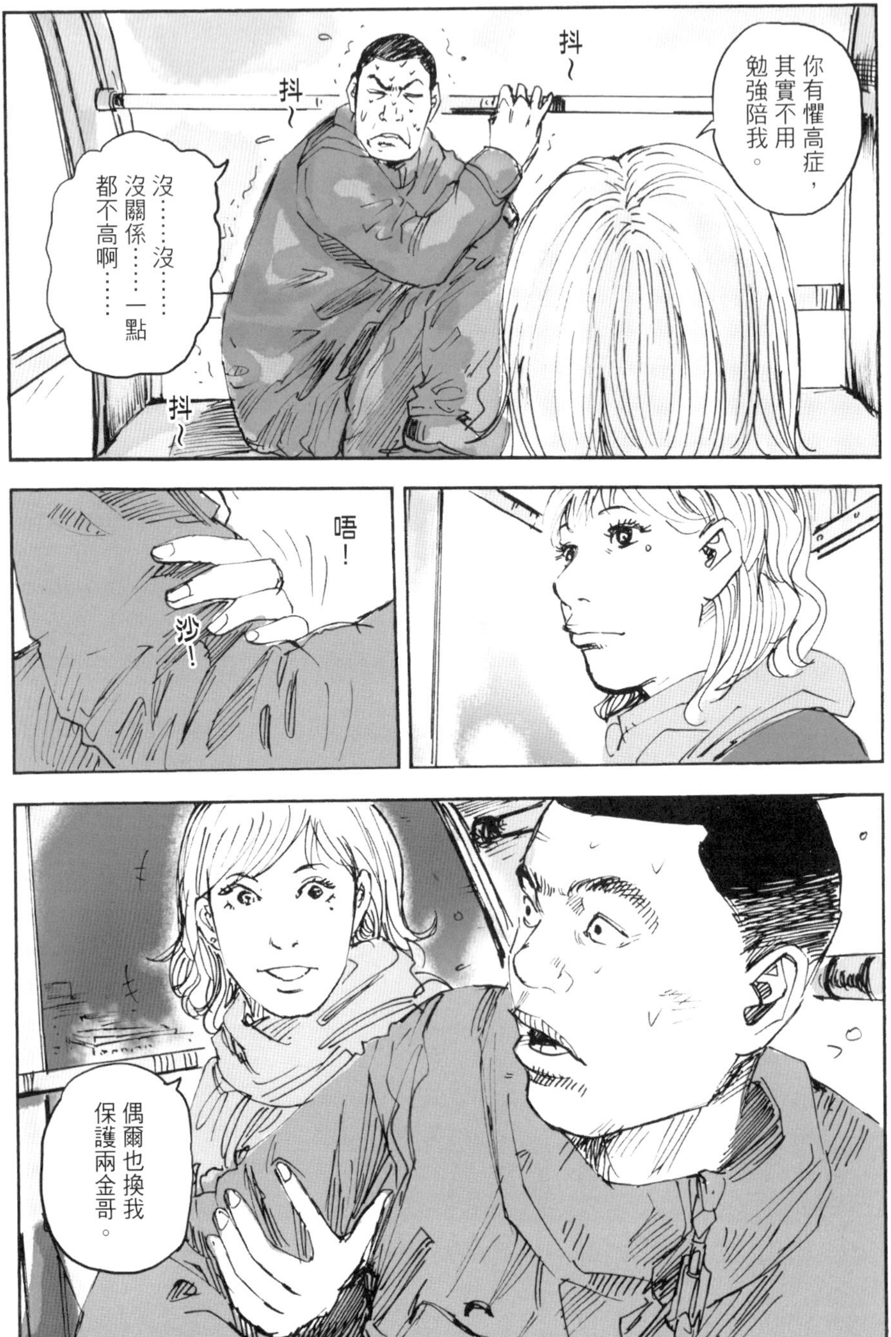
你有懼高症，
其實不用
勉強陪我。
抖~
抖~
沒……沒……
沒關係……一點
都不高啊……
抖~
唔！
沙！
偶爾也換我
保護兩金哥。

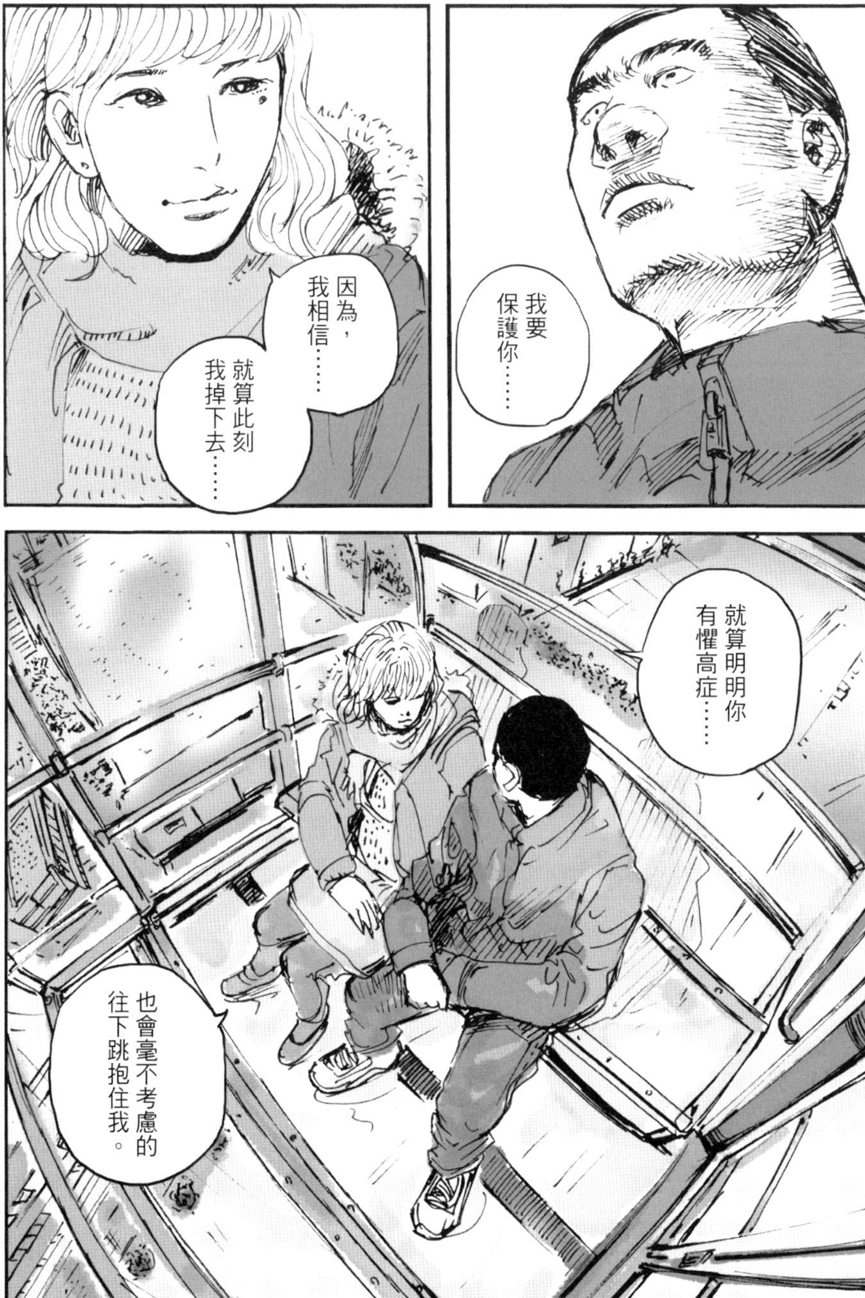
我要保護你……
因為，我相信……
就算此刻我掉下去……
就算明明你有懼高症……
也會毫不考慮的往下跳抱住我。

唔？

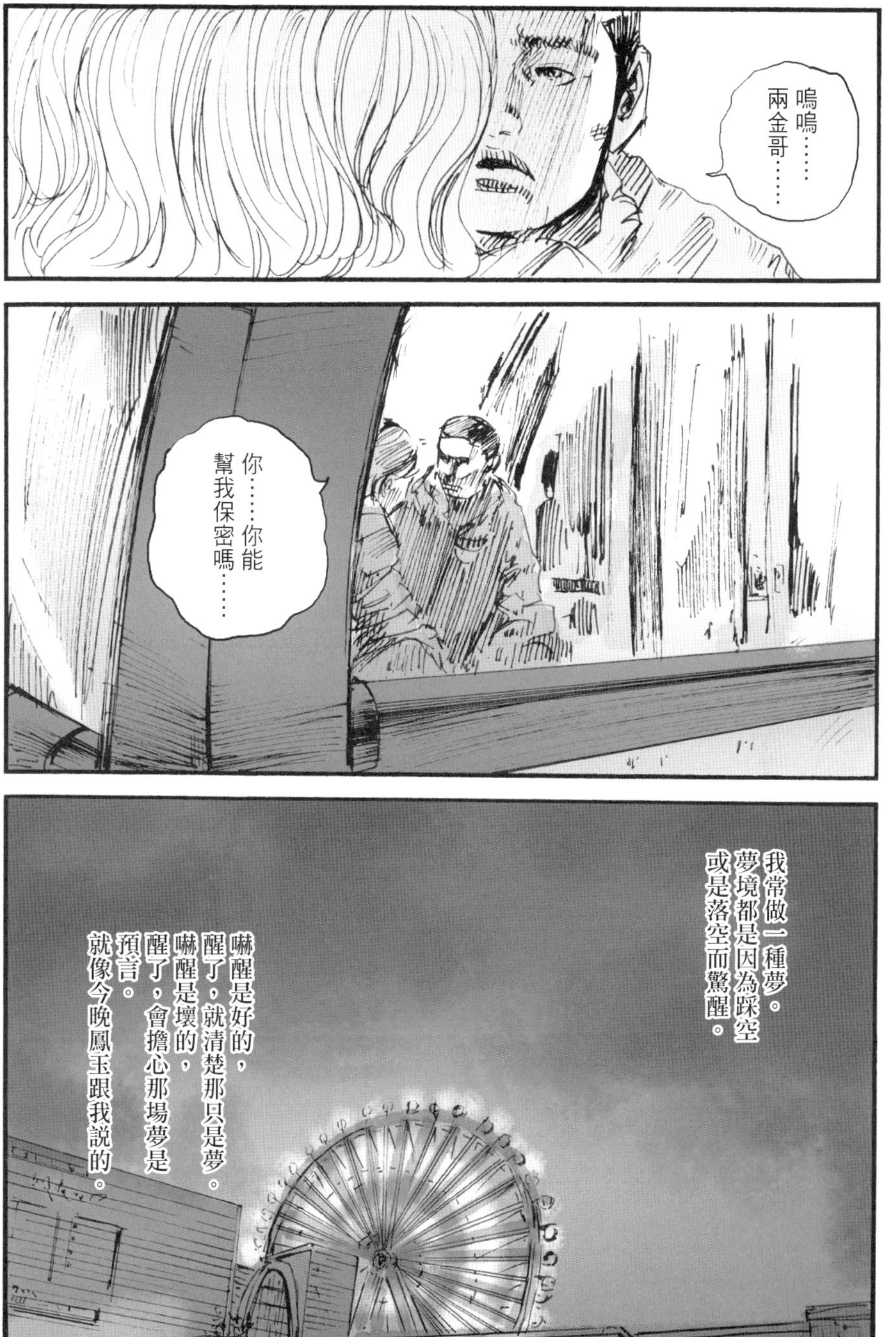
嗚嗚……
兩金哥……
你……你能
幫我保密嗎……
我常做一種夢。
夢境都是因為踩空
或是落空而驚醒。
嚇醒是好的，
醒了，就清楚那只是夢。
嚇醒是壞的，
醒了，會擔心那場夢是
預言。
就像今晚鳳玉跟我說的。

啾！
啾！
早啊，昭君。

早呀廟公，你今天特別早。
明天有一團香客說要來進香。
怎麼會這麼臨時？
昨晚不是地震嗎？
北天宮
他們預定要去的廟，路橋坍方了。
不錯啊！難得有旅遊團來這裡拜拜。廟公你賺到了。

是沒錯啦！但是我現在頭殼抱著燒。
領隊說他們是北部團，希望我幫忙訂餐廳。
臨時去哪找葷素都有的餐廳啦。
但是，這事關北天宮的面子，我就給他答應了！
不過也頭痛了。
如果訂不到餐廳，就改在廟口辦桌咧。
你要煮喔！五十個人耶！
盯！
盯！
盯！
嚇！

別看我，我的廚藝沒辦法應付那麼多桌。
不會讓妳煮啦，妳只要幫我聯絡幾個夜市朋友就好。
辦桌的部分我知道要找誰。
晚餐六桌啊，煮是沒問題啦。
主要是備料，現在的存貨應付三桌沒問題。
杜財叔願意臨時幫忙就很好了。
備料的事交給我。

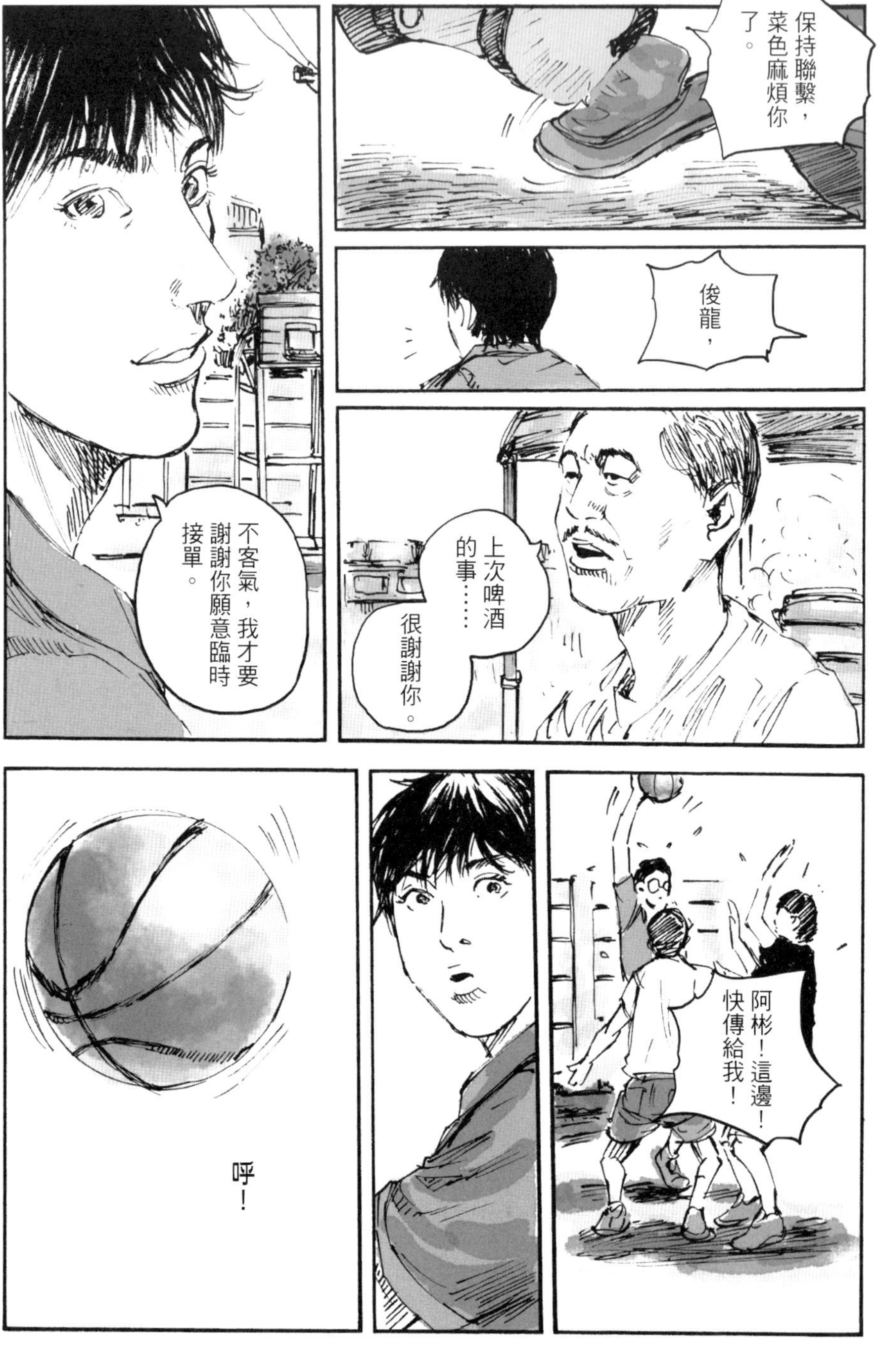
保持聯繫，菜色麻煩你了。
俊龍，
上次啤酒的事……
很謝謝你。
不客氣，我才要謝謝你願意臨時接單。
阿彬！這邊！快傳給我！
呼！

唔！傳太高了。
嘿嘿嘿！帥氣的跳步接球！
啪！
嚓！

喔喔喔！
好厲害！
快攻！
唔！
拋物線，
是這點到那點
不著痕跡的行進。
那是點跟點之間
才清楚的事，
像是人跟人之間
從嘴裡拋出一句
謝謝。

噠！
噠！
呼——都安排好了。
明天再跟阿忠去把菜載過來。
我有點好奇，
你怎麼比廟公還要積極？

我從小的志願是當廟公。
哈哈！最好是啦。
不瞞你說……
……是個機會吧。
說實在的，我們村不是觀光景點，也沒有特色可言。
年輕的都往城市去，所以我們就需要更多人來。

喵！
如果這次能讓香客對這裡有好印象，那是好事。
所以會想在客人來之前多些準備。
想讓客人的內心有所感受。
我很喜歡台語把客人喚做「人客」。

因為字面上是把「人」放在前。
妳離開了一年……怎麼會突然想回來？
……

祕密。
嘖！
哈！重點是我回來啦。
嗯！是啊。

唔！
到家了……
那……
那……我們再繼續走？
好啊。

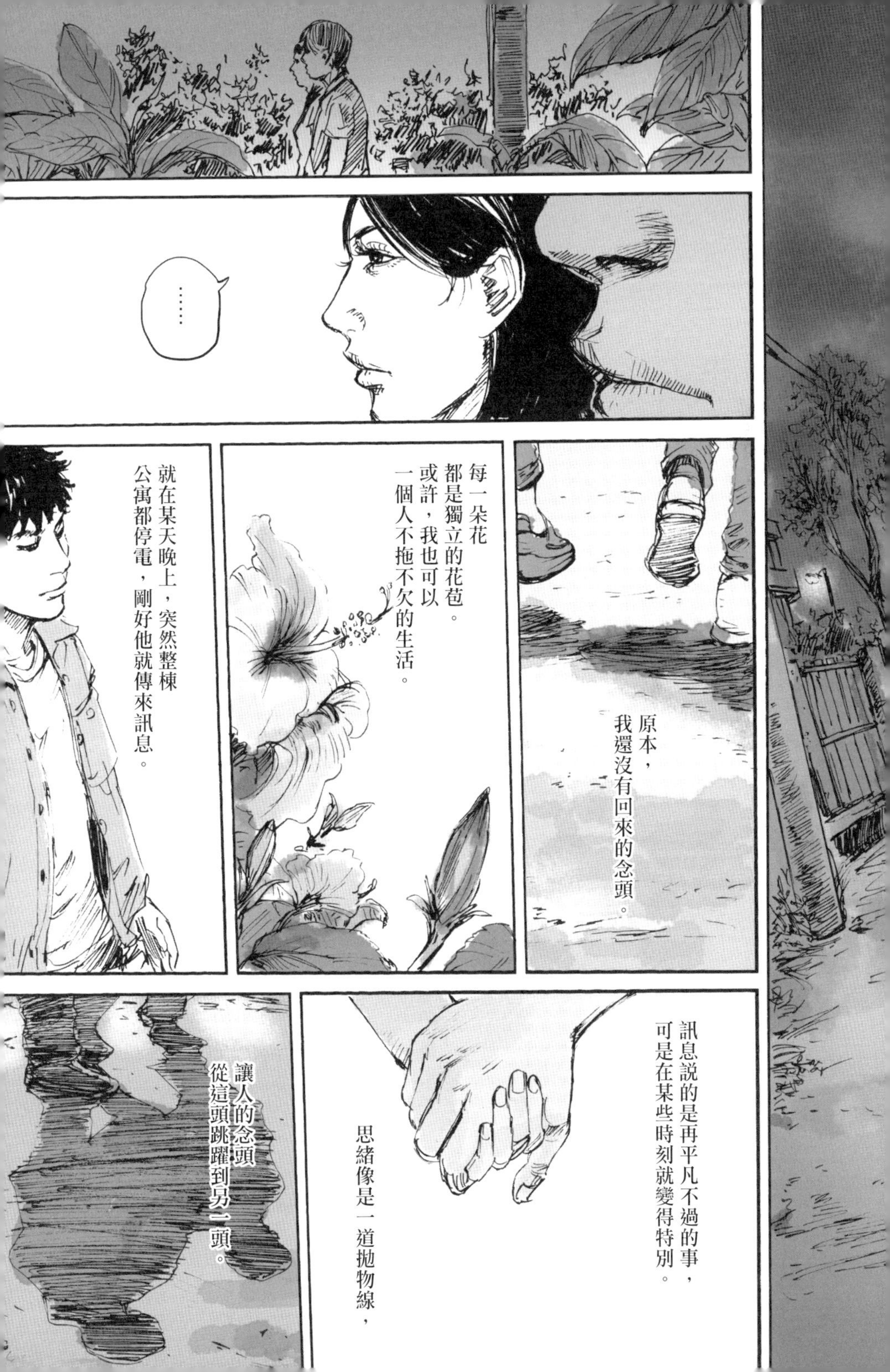
……
原本，
我還沒有回來的念頭。
每一朵花
都是獨立的花苞。
或許，我也可以
一個人不拖不欠的生活。
就在某天晚上，突然整棟
公寓都停電，剛好他就傳來訊息。
訊息說的是再平凡不過的事，
可是在某些時刻就變得特別。
思緒像是一道拋物線，
讓人的念頭
從這頭跳躍到另一頭。

各位！
我們快到北天宮了！

北天宮是清同治八年西元一八六九年村民們鳩金建蓋的。
我沒聽過這家宮廟耶。
我也是。
等一下廟公會詳細為各位解說導覽。
前面紅綠燈右轉就到了。
喔！

北
天

永澤頭
3粒25.
3根20
哇！跟我想像的完全不同！
這裡是廟前夜市嗎？好多小吃和東西可以買！
米苔目
豬血糕
先來碗米苔目！好久沒吃了！
太目不暇給了！我以為只是間小廟，沒料到這麼熱鬧！
碗粿
頭
粿
早知道我們的行程應該先來這的，可以花更多時間逛逛這個村！

好香啊！在煮晚餐吧。
太出乎我意料了！沒想到你安排得這麼隆重，實在很感動。
來者是客，本來就應該把本地最好的呈現給大家。
我帶你去認識總鋪師！
好久沒吃辦桌了，好期待！
廟公好亢奮啊，聲量超大。
比媽祖生還嗨！

俊龍，你這樣做真的很不錯耶！
廟埕好久沒這麼熱鬧滾滾了。
整個看過去就是賓主盡歡的fu。
廟埕像是遊樂園。
不是遊樂園，

是沒有圍牆的柑仔店。
聽起來好假掰又很厲害的感覺！
就像勇伯賣的藥，明明是鹿茸粉，卻叫龍角麒麟粉。
還在喇賽！快來幫忙出菜啦！
來了！

恩沛，以你呈上的投資報酬率，
我很難說服股東再增資。

我知道打造故鄉是你的夢想……
但是股東期待的，是你打造讓他們飛上天空的飛機。
就算你把車裝潢得再精緻，它還是只能在陸地上跑。

你是否該設個停損點。
董事長，
我想請您安排我親自向股東們說明。

呵呵，我就知道你會這樣要求。
你是我一手帶出來的，放心，我會全力幫你。
謝謝！
我先走了。
你再思考一下之後的方向，也想想該怎麼說服股東。
嗯，您慢走。
沙！
喀！
沙！

如何？各位股東。
剛剛全程看完我跟他的對話。
他仍執意要照他的理念執行，這勢必無法預估回收。
你們的想法如何？

各位會因我跟他情同父子，而難表示意見吧。
這案子沒讓各位獲利，我也要負些責任……
為了防止繼續虧損，我倒是有個提議——

不如，我們停止金援。
順便把現任的執行者撤換掉。

第二話。

蓋在海上的房子

這種不安，像是被人鬆了手，便在人海中無依漂蕩。

我也知道這樣不對……
儘管我一直在提醒自己，
卻還是愛上他了。
我沒有談過戀愛……
但是我很明白無法控制愛上人的感覺。
我不想去評論妳愛上他這件事是否有錯。

現在要妳用理智判斷也不可能。
只是我聽妳的敘述，感覺他並沒有離婚的打算。
這樣的愛，妳會很苦。
就像我朋友勸我別再對妳投入感情一樣。可是很難……
愛著較慘死，就是這樣吧。
我們都在自欺欺人。像現在我們以為在摩天輪裡很隱密，
但在外人眼裡卻是一清二楚。

哈！我還是習慣踏在地上的感覺。
兩金哥……謝謝你陪我。
還有一張票，這次我就不陪妳上去了。
鳳玉，我也只能這樣了……

我還無法做到去包容
我愛的人向我傾訴
正愛著誰，面臨什麼樣的苦。
這兩個月，
我沒有跟鳳玉聯絡……
兩金！

你是被鬼牽喔！叫你好幾聲都沒應。
就沒聽到啊。
嘖！鳳玉快兩個月沒回來了。
你知道她最近是怎麼了嗎？
忙吧。
靠北！你們是串供好了喔，都說在忙。
我總感覺她有事隱瞞我。
雖然是妹妹，但是你也知道有時因為是親人，
反而有些心事更難開口去說。
兄弟，如果她有事，一定要讓我知道。

她會疏離也是我造成的。
那時腿斷掉，看什麼都不爽。
除了阿芬，就是鳳玉最常照顧我。
下課和假日幾乎都待在醫院。
因為是親人，我反而更會把氣出在她身上。
我好幾次脾氣上來就叫她滾。
隔天她又裝作什麼都沒發生的出現。
一直到現在，別說是道謝，我連句對不起都沒向她說……

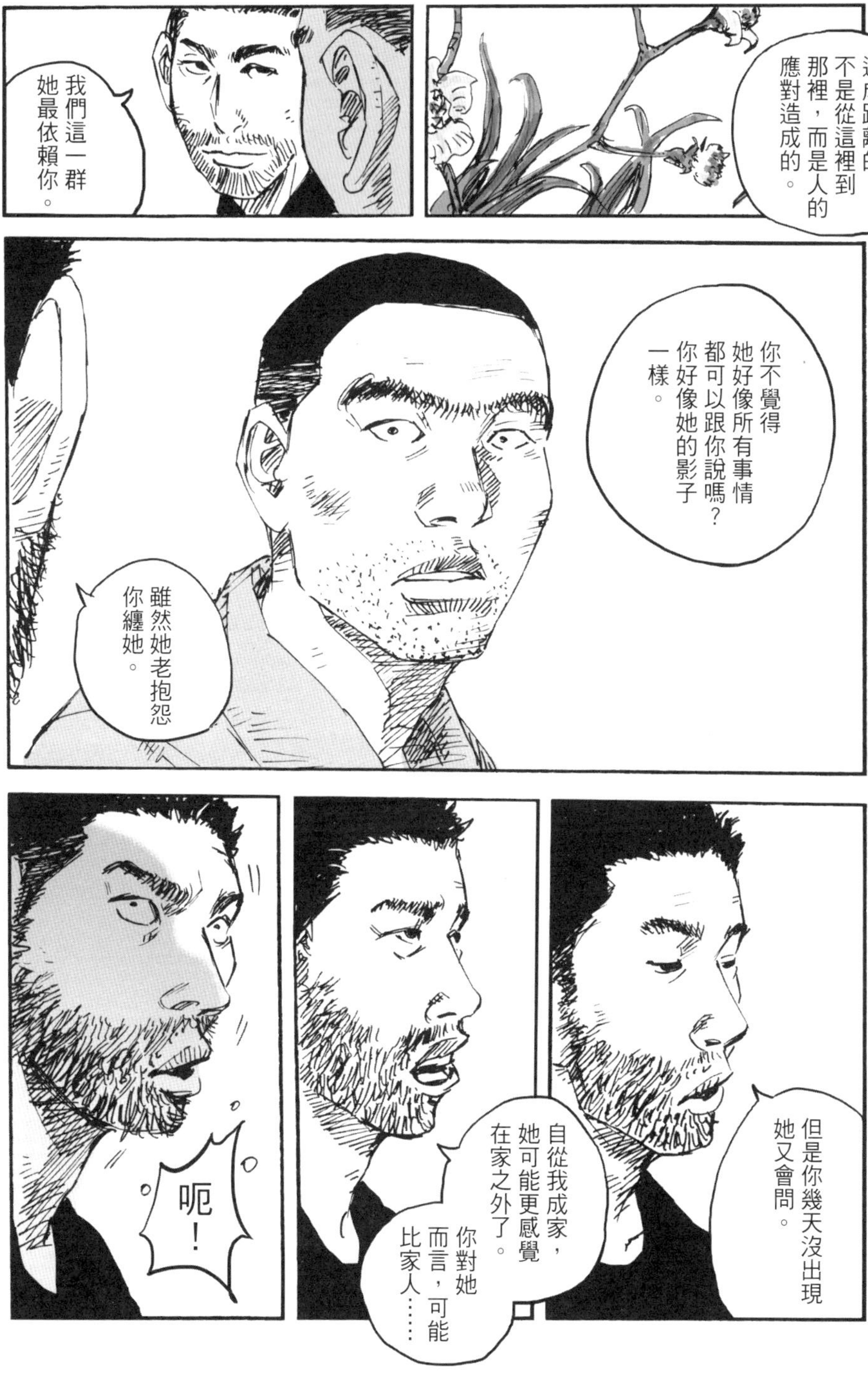
造成距離的，不是從這裡到那裡，而是人的應對造成的。
我們這一群她最依賴你。
你不覺得她好像所有事情都可以跟你說嗎？你好像她的影子一樣。
雖然她老抱怨你纏她。
但是你幾天沒出現她又會問。
自從我成家，她可能更感覺在家之外了。
你對她而言，可能比家人……
呃！

阿忠！我要走了！
這麼突然！要去哪？

兄弟！謝謝你點醒我！
靠北！點醒什麼啦！話只說一半……
啊啊啊啊！
我太蠢了！她跟我說那些事，是在尋求我救援她回地球的！
我竟然只顧著自己的感受！啊啊啊兩金你這個白痴啊！

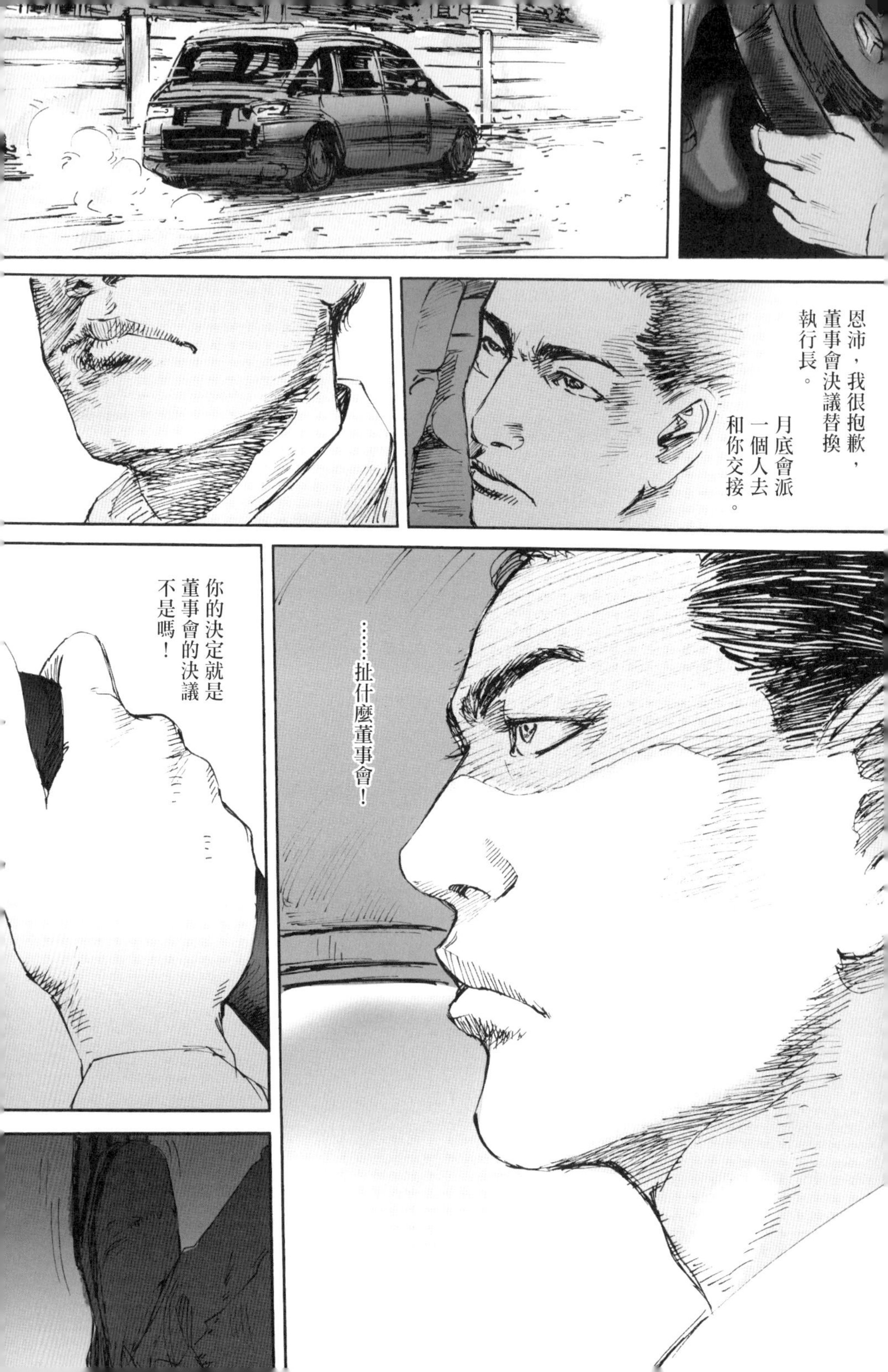
恩沛，我很抱歉，董事會決議替換執行長。
月底會派一個人去和你交接。
……扯什麼董事會！
你的決定就是董事會的決議不是嗎！

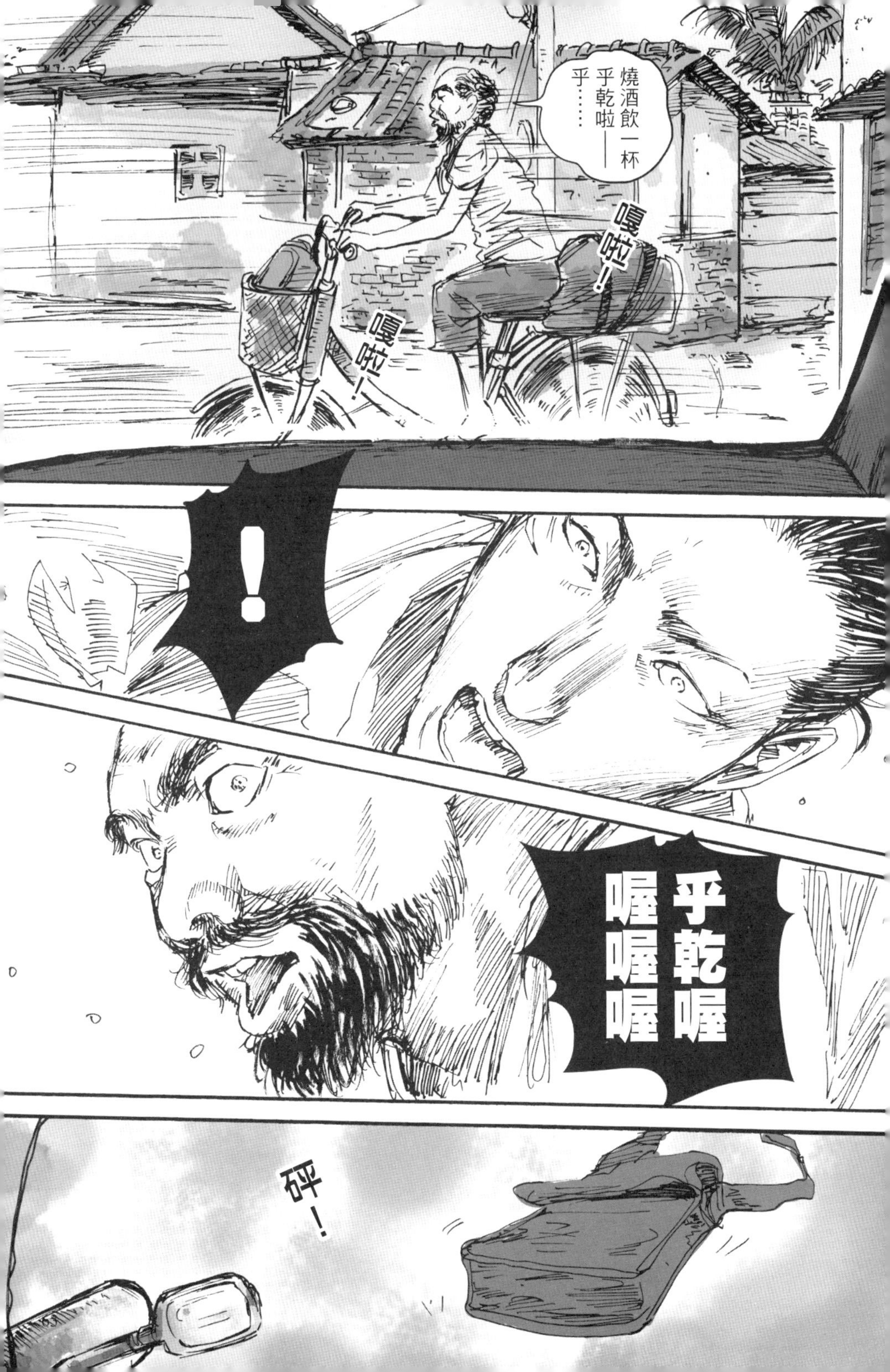
燒酒飲一杯
乎乾啦——
乎……
嘎啦！
嘎啦！
！
乎乾喔
喔喔喔
砰！

呼，呼！
沒事吧？
……
唔……
幹！你讓我撞看看，看你會不會沒事……
我送你去醫院檢查。
不用啦——我健保都沒繳……
醫藥費我會負責到底。
要聯絡家人嗎？
家人？
家人不想當我家人了啊……

好吧！既然你這麼有誠意，
我就去醫院檢查看看。
車鑰匙。
唔？
唔個屁啊。
我來開，不然我就繼續躺路上。
噗

喔喔喔！好車開起來就是爽！
不是我在臭彈！三十年前我是這一帶第一個買「免魯」的！
你那是什麼眼神！以為我唬爛嗎？
我在接美國訂單穿金戴銀時，你還在流鼻涕咧！
不過現在只剩這顆金牙了，哈哈哈！
不說了！好漢不提當年勇啦。

※免魯：賓士車的台語讀音，源自於日文發音。

呃！醫院要右轉！
我知啦！讓我再多開一下會死喔！
謝謝大家抽空過來。

找大家來，主要是我要發表一個邪惡計畫，
而這個邪惡計畫需要把大家拖下水。
哭枵！我不會游泳捏——
我就知道這個聚會有陰謀。
俊龍，說說看你的計畫。
在說之前，請各位都拿一本邪惡計畫手冊。
極機密手冊

手冊裡主要是各位的行業，以及我想如何介紹給外來的客人。
其實不管是用九、豆油伯的醬油、做醃漬的阿蘭嬸、竹編的義銘商號，還有布袋戲團的貓叔，
在我記憶中，這些產業雖然不如以往那麼風光，至少還沒像現在這麼式微。
我回來快三年了，我所見的是大家都還謹守過去的手路做事。
各位的沒變，反而是我認為最珍貴的。
可是，我又很無奈的看著這些珍貴在逐漸消失。
唉——只能說時代變很快，我們老了跟不上。

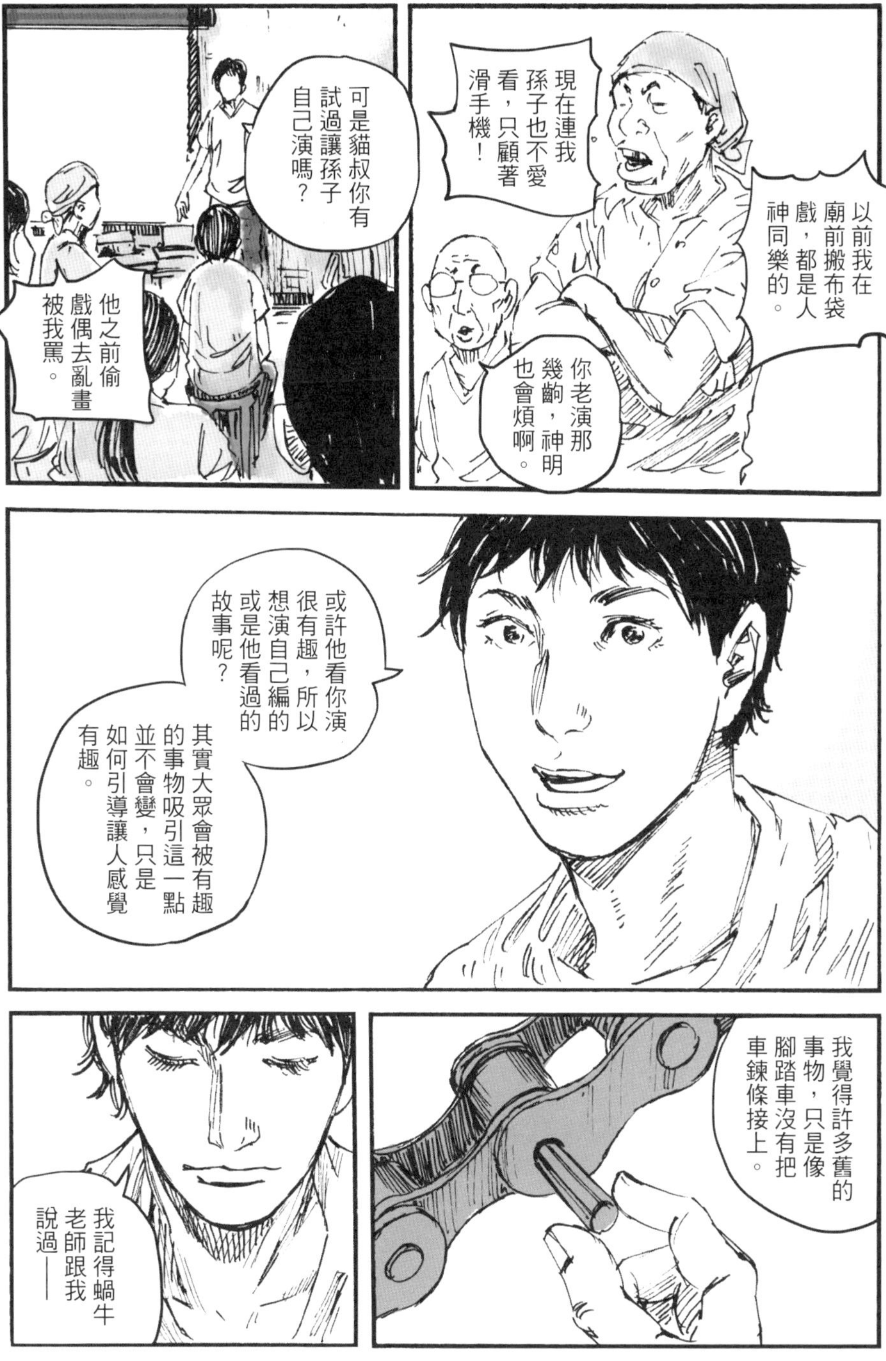
以前我在廟前搬布袋戲，都是人神同樂的。
現在連我孫子也不愛看，只顧著滑手機！
你老演那幾齣，神明也會煩啊。
可是貓叔你有試過讓孫子自己演嗎？
他之前偷戲偶去亂畫被我罵。
或許他看你演很有趣，所以想演自己編的或是他看過的故事呢？
其實大眾會被有趣的事物吸引這一點並不會變，只是如何引導讓人感覺有趣。
我覺得許多舊的事物，只是像腳踏車沒有把車鍊條接上。
我記得蝸牛老師跟我說過——

你說你對「新書」的認定，並不是根據版權頁的出版日期，
而是只要從沒看過的書都是新書。
是這樣沒錯。
唔？我說了什麼？
我不認為舊時代的工藝或手藝被淘汰了，只是現在資訊爆炸，人心又求快。
上次旅行團來，我們的安排似乎喚醒他們對以前某段時期的共同記憶，
甚至還決定取消後面的行程。
或許無法和觀光景點比評，但是各位師傅與這片生活好幾代的土地，是我們的強項。

我覺得所謂新鮮感，可以是把一個舊的跟另一個舊的結合在一起，或是換個說法。
例如現在流行的「共食」，說穿了就是一起吃自助餐。
所以，布袋戲除了演忠孝節義外，也可以演漫畫或繪本童書。
按呢甘會使哩！
要演武松打虎姑婆嘛！
好像還滿有趣的！
我同意你說的，可是什麼時候才會進入邪惡計畫的說明？
別靠那麼近好嗎？

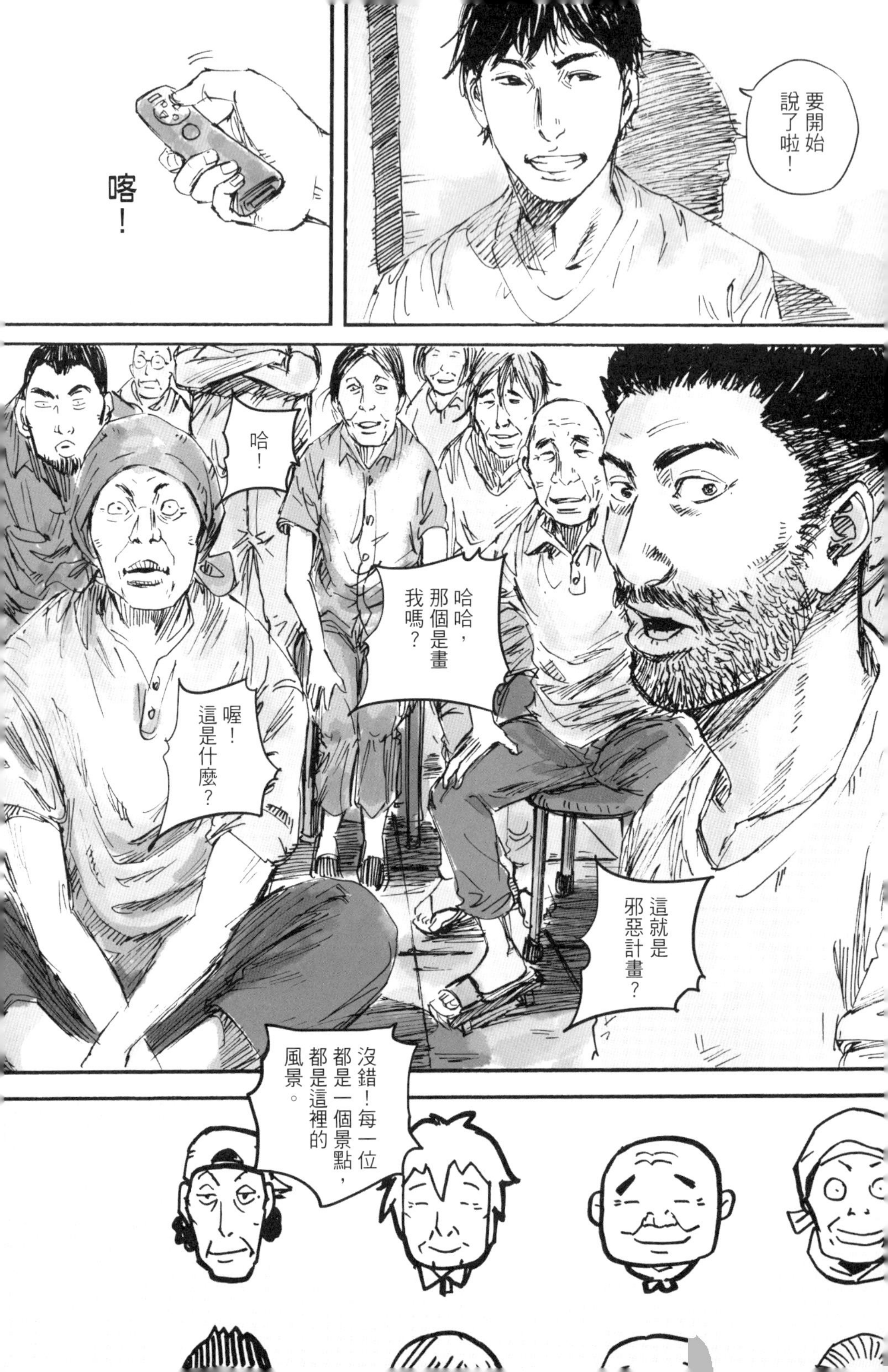
要開始說了啦！
喀！
這就是邪惡計畫？
哈哈，那個是畫我嗎？
哈！
喔！這是什麼？
沒錯！每一位都是一個景點，都是這裡的風景。

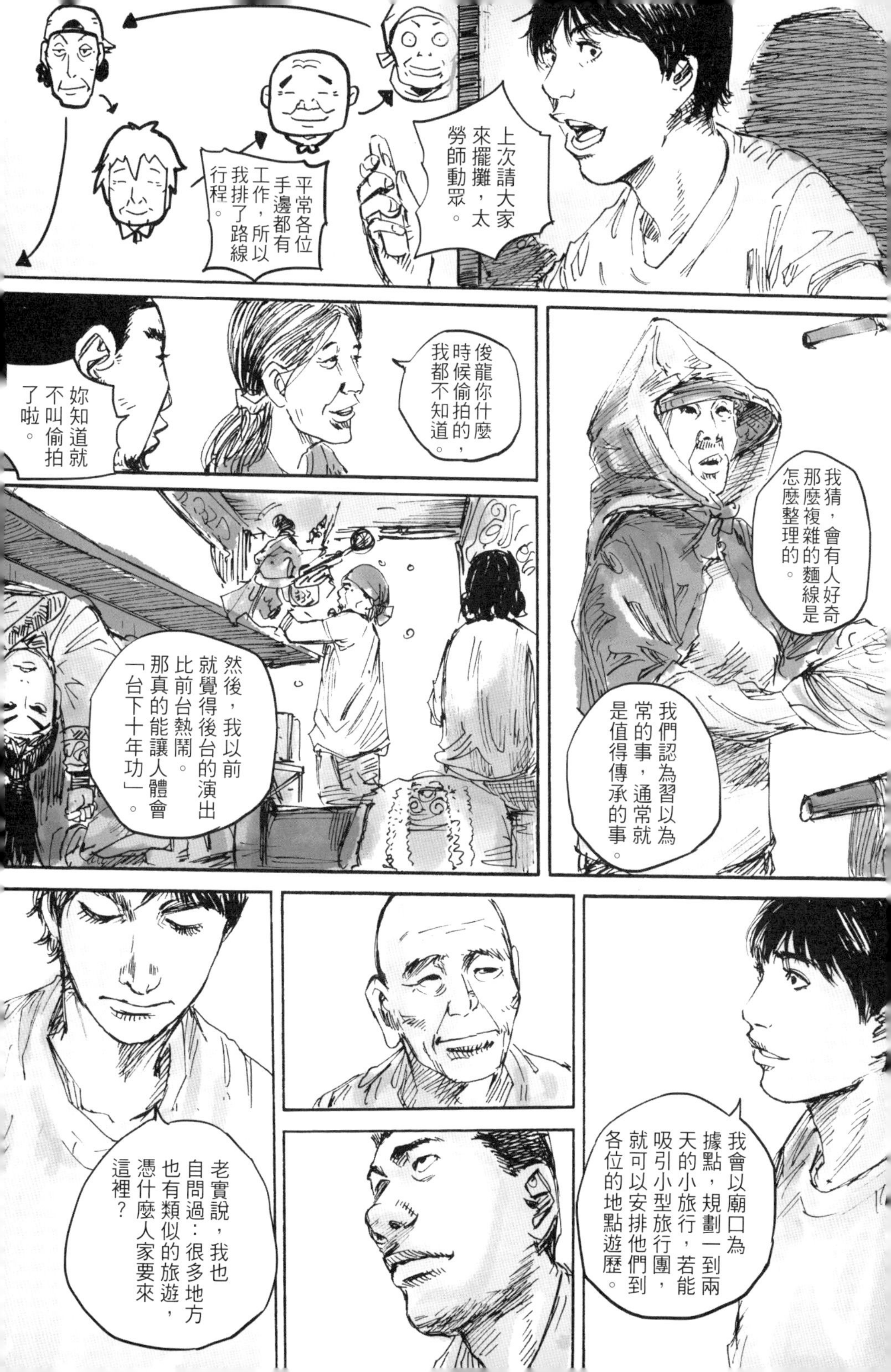
上次請大家來擺攤，太勞師動眾。
平常各位手邊都有工作，所以我排了路線行程。
我猜，會有人好奇那麼複雜的麵線是怎麼整理的。
我們認為習以為常的事，通常就是值得傳承的事。
俊龍你什麼時候偷拍的，我都不知道。
妳知道就不叫偷拍了啦。
然後，我以前就覺得後台的演出比前台熱鬧。那真的能讓人體會「台下十年功」。
我會以廟口為據點，規劃一到兩天的小旅行，若能吸引小型旅行團，就可以安排他們到各位的地點遊歷。
老實說，我也自問過：很多地方也有類似的旅遊，憑什麼人家要來這裡？

當我在懷疑時，有個像做業務的人進來買飲料。
他說上個月手機遺失時，曾在這裡借電話，問我是否記得？
我哪會記得！但偶然來過一次的他，就因為那次的經歷……
大家還會來用九，也是透過一次次經驗的慢慢喜歡跟認同。
各位都有功夫有故事，故事就像是血管遍布全身，像是樹根扎入土裡。
新穎的事物會像光吸引眼睛，讓人忽略舊有的，但是拆開後，所有新舊都是以情感為核心。
我們只要很單純的做到讓人有所感受。
只要讓人有所感受，自然就會生出一條線彼此連繫。
用九商店

大家都被你拖下水了嗎？
呵呵！連不會游泳的貓叔都下水了。
只是我很矛盾，這樣做是勞煩到大家，還是能稍稍幫到大家。
吉誠叔不是說，好的果實，是因為過程中有顧到細微小事。
再說，如果不可行，剛才你就會被打槍了。
哈哈！也是啦。

謝謝。
用九會一點點變好，主……主要……是有妳幫忙。
哈！你在結巴什麼啦。
啊啊！好久沒去玩小瑪莉了，晚餐順便在店裡吃吧。
咕！

幹麼拉我啦！
我救了你一命耶。
虧你是氣功師，沒看到那邊愛情氣場那麼強大。
過去絕對被震到內傷吐血。
這種粉紅氣場，恐怕阿德要當曾祖父了。
八字還沒一撇啦——
那快去合八字啊！
德叔。
阿明你不是去上工，怎麼又回來了？
被解散了啦！
這麼突然！是為什麼？
工頭說有新的執行長要接手，原先的造鎮計畫要暫停。
然後接任的似乎不想承認我們這一批工人！
幹！說什麼要內部結算，工錢就卡著！
很無良耶！

本來傳好家私要去討公道，工頭勸我們先忍忍，等狀況明朗點再動作。
工頭這樣建議也對，鬧翻反而對方有話說。
我不好過，也不會讓對方好過！
我先去跟其他人會合討論！
勇伯支持你！我早對什麼天壽造鎮計畫不爽了！
財團只會為了自己賺錢，把別人土地搞得烏煙瘴氣！
大船開不進小河，硬開就像現在擱淺！夕賀！
阿德，或許你對面的大賣場就會倒閉囉！
我倒是不介意這些發展跟建設，
只是聽阿明說後我反而擔心。

擴張後又停工這樣的泡沫，受害的都是基層的人。
財團可以認賠，可是許多家庭卻賠不起。
再者，原來負責的恩沛雖然在計畫執行上態度強勢，
但我感覺得出來他是真心想幫助這裡，至少還能估計他的心思。
現在換了另一個執行者，
實在無法預料他會怎麼對待這裡……

沙！
呼——
鳳玉，我回來火星救你了。

沙！
我已經按過好幾百次通訊鈕。
它已經記憶我的指紋，像妳腦子已經記住那是我按的頻率。
嗶——嗶、嗶！一長兩短。那是我們的暗號。
只是妳不知道這個暗號背後還隱藏著暗號。
喀！
就是我——愛……

喔！有流星！
可惜啊，這麼棒的夜景，卻是跟一個男人看。
不過，謝謝你啦，好久沒開車開得這麼爽。
遺憾的是，你要把車賣了。
抱歉！本人耳朵很靈，聽到你跟車商的談話。
我猜你是周轉不過來，要賣車求現。
你不用覺得丟臉。賣田賣祖產我都做過啦。
……
與你無關。

哈！當然與我無關啊。
唉——
一個人會成功，絕對跟許多人有關。
但是失敗，大多是自己造成的。
偏偏很多人都反過來想。我當初也是……
經營事業就像在水上蓋房子。它確實存在，但也隨時會沉。
如果你的立柱又是來自別人的口袋，那就更不穩。
從那頂樓看出去的景色超讚。
現在我閉眼，還能想起那些畫面。

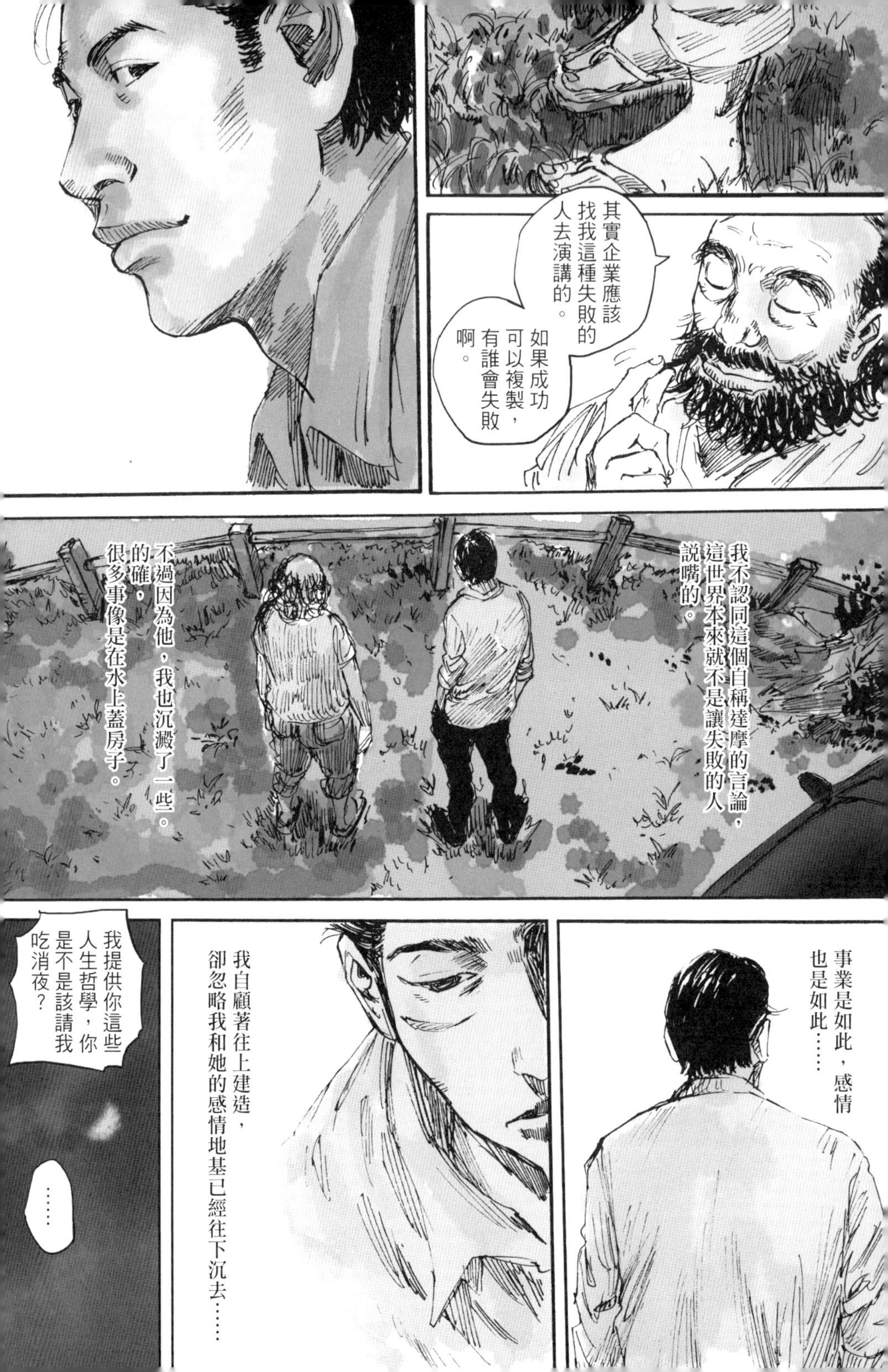

其實企業應該找我這種失敗的人去演講的。
如果成功可以複製，有誰會失敗啊。
我不認同這個自稱達摩的言論，這世界本來就不是讓失敗的人說嘴的。
不過因為他，我也沉澱了一些。的確，很多事像是在水上蓋房子。
事業是如此，感情也是如此……
我自顧著往上建造，卻忽略我和她的感情地基已經往下沉去……
我提供你這些人生哲學，你是不是該請我吃消夜？
……

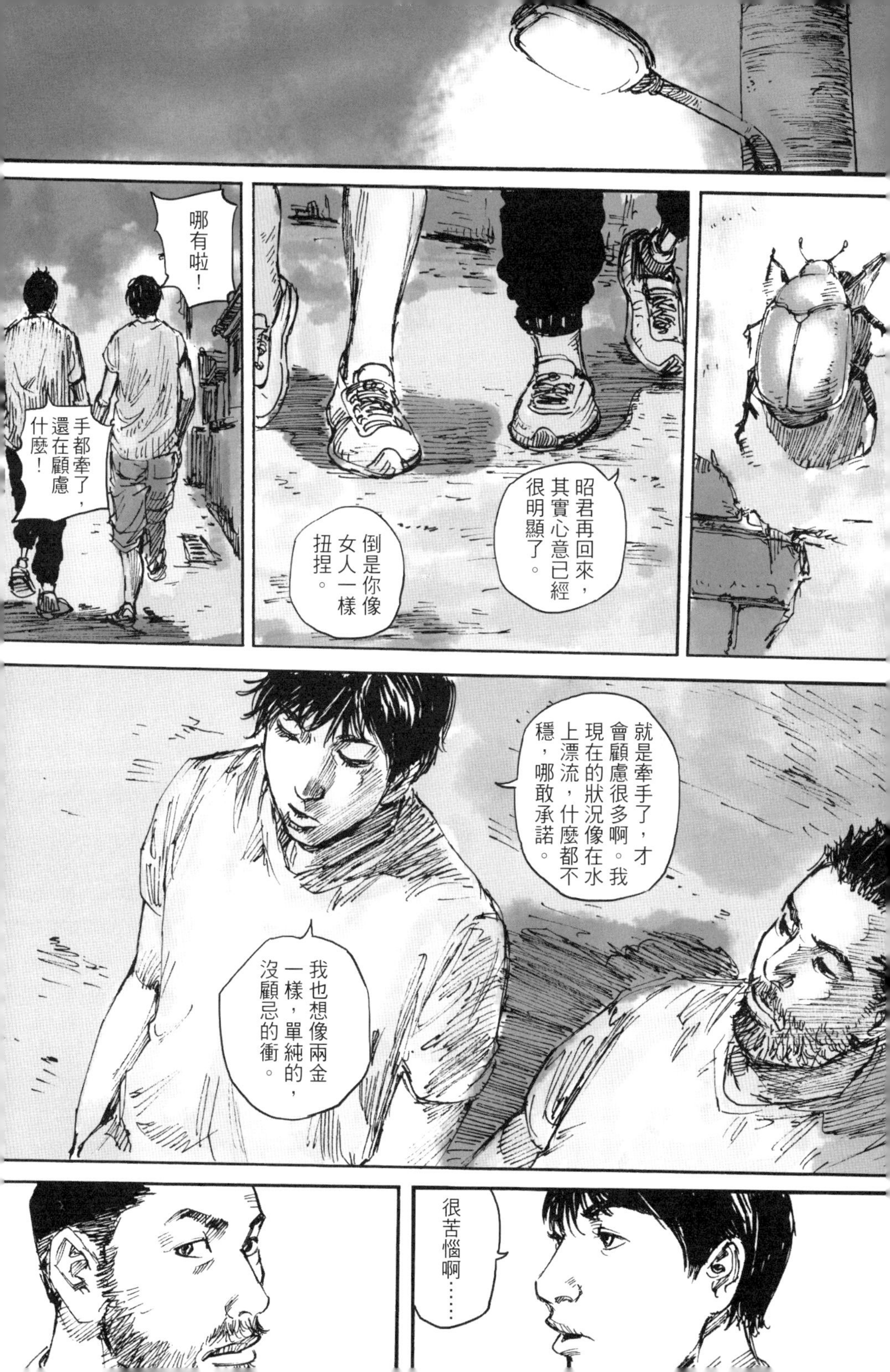
哪有啦！
手都牽了，還在顧慮什麼！
昭君再回來，其實心意已經很明顯了。
倒是你像女人一樣扭捏。
就是牽手了，才會顧慮很多啊。我現在的狀況像在水上漂流，什麼都不穩，哪敢承諾。
我也想像兩金一樣，單純的，沒顧忌的衝。
很苦惱啊……

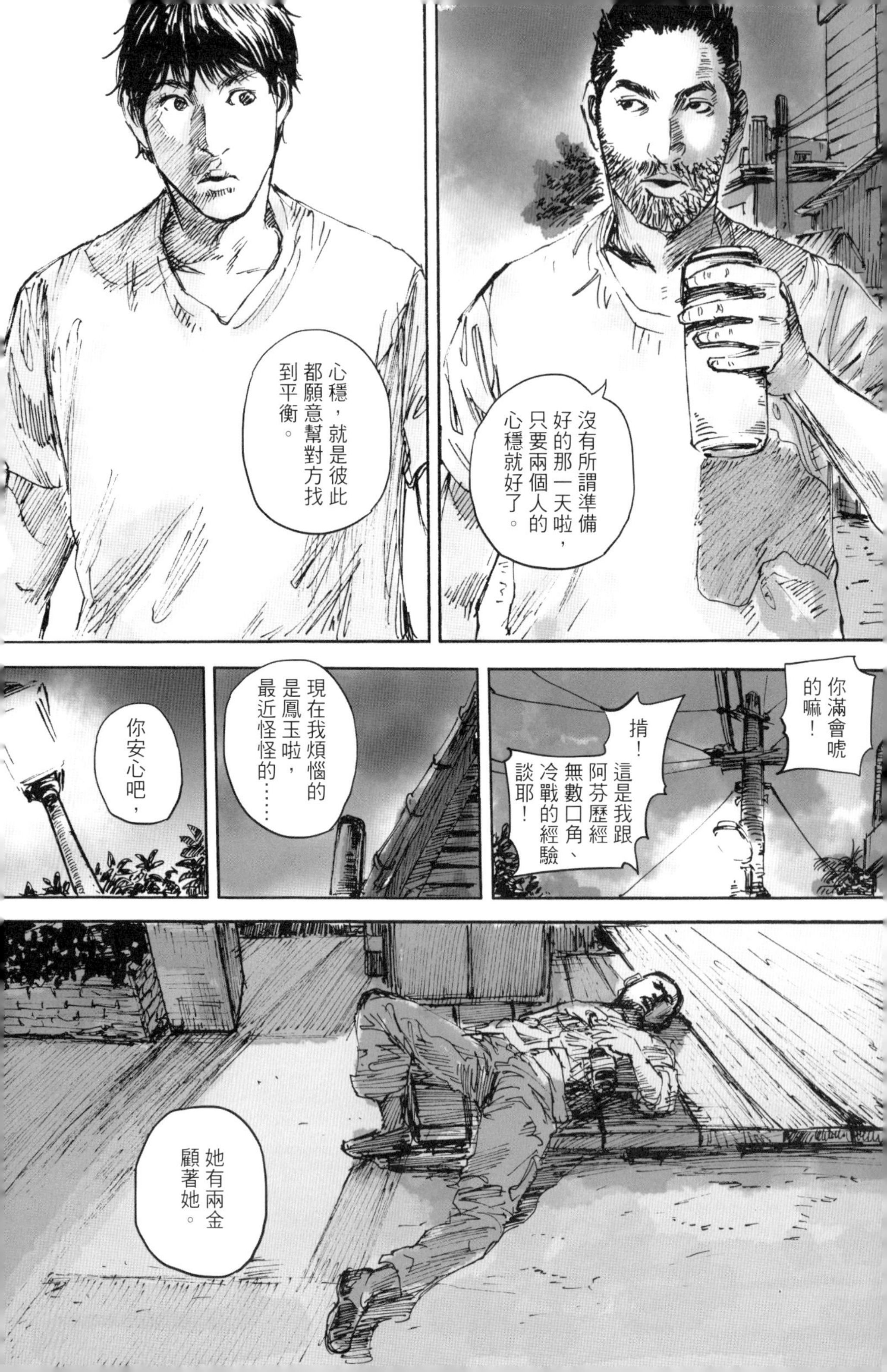
沒有所謂準備好的那一天啦，只要兩個人的心穩就好了。
心穩，就是彼此都願意幫對方找到平衡。
你滿會唬的嘛！
揹！這是我跟阿芬歷經無數口角、冷戰的經驗談耶！
現在我煩惱的是鳳玉啦，最近怪怪的……
你安心吧，
她有兩金顧著她。

第三話。

所謂的成就

成就的計量，一是握拳掌握有多少，一是手打開了多少。

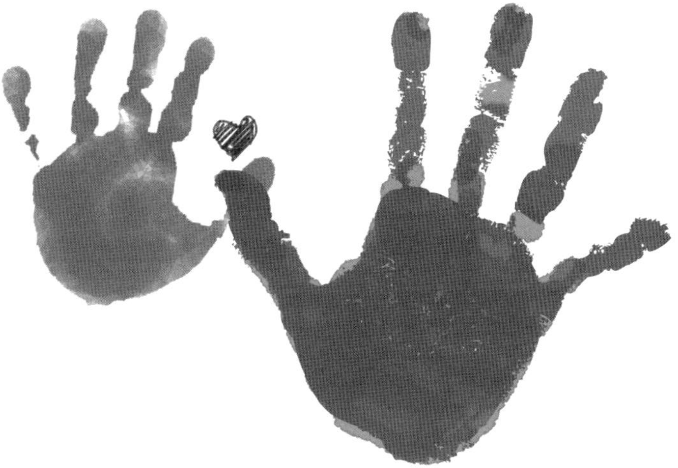

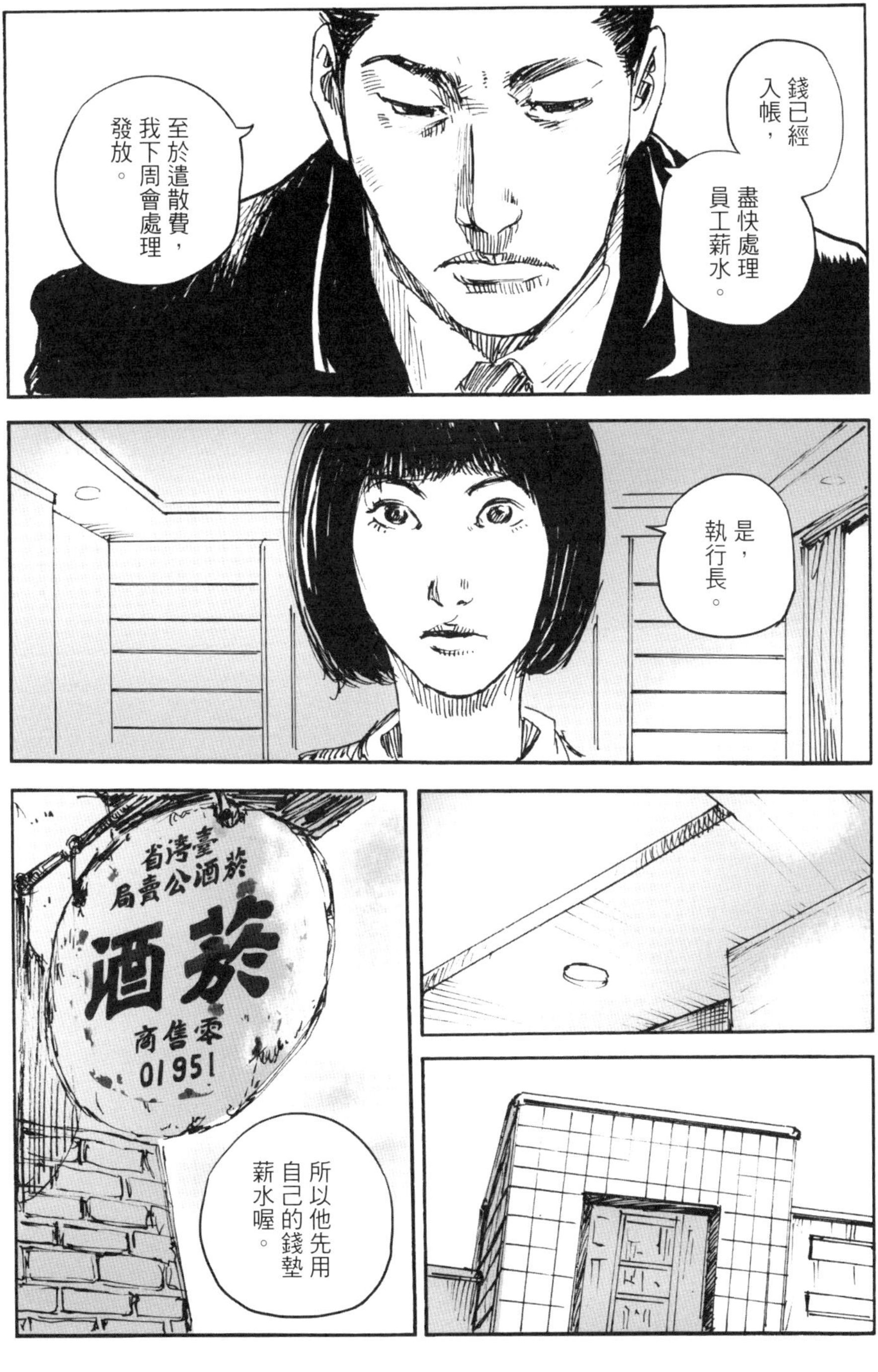
錢已經入帳，
盡快處理員工薪水。
至於遣散費，我下周會處理發放。
是，執行長。
臺湾省
菸酒公賣局
菸酒
零售商
01951
所以他先用自己的錢墊薪水喔。

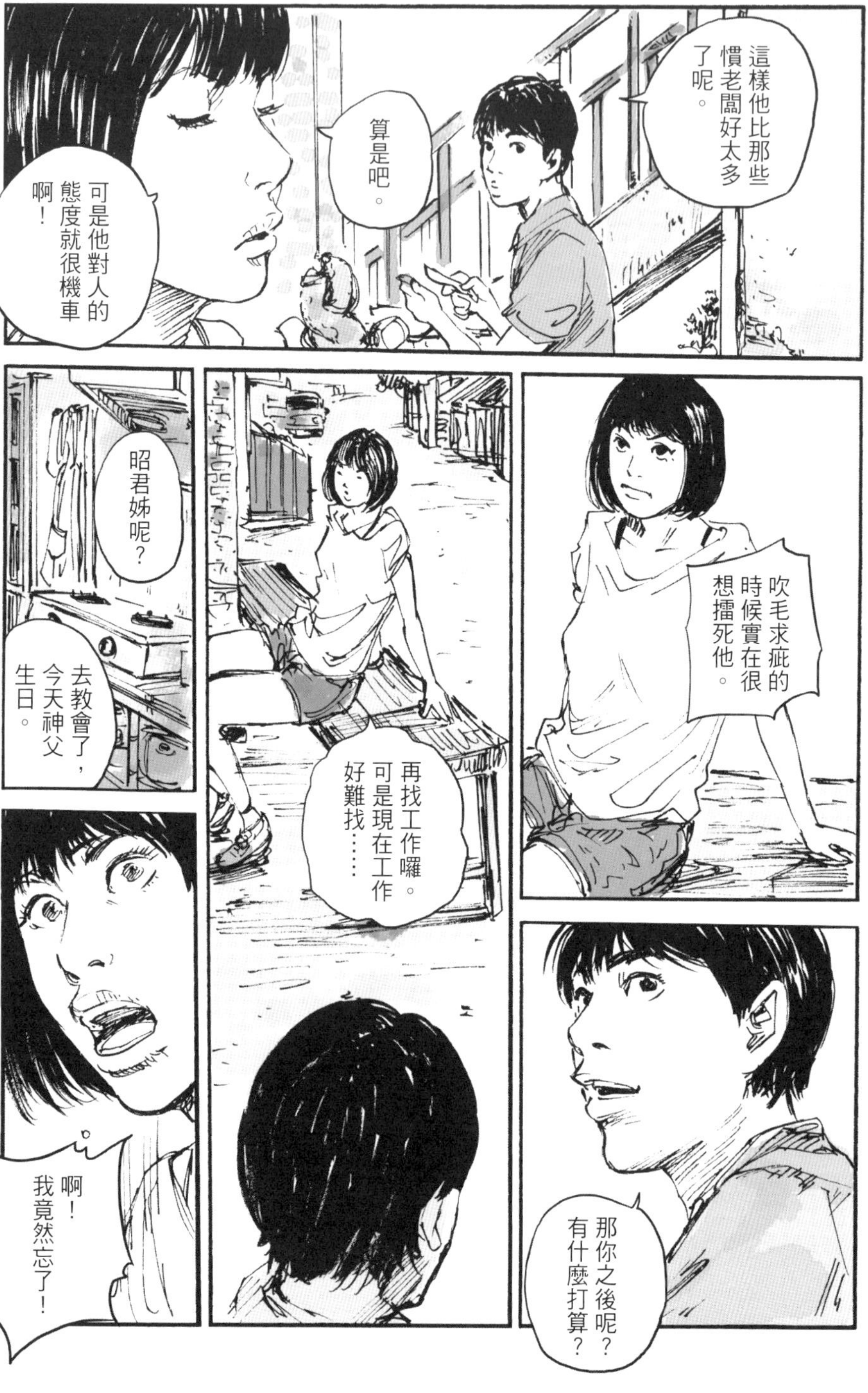
這樣他比那些慣老闆好太多了呢。
算是吧。
可是他對人的態度就很機車啊！
吹毛求疵的時候實在很想擂死他。
再找工作囉。可是現在工作好難找……
昭君姊呢？
去教會了，今天神父生日。
那你之後呢？有什麼打算？
啊！我竟然忘了！

俊龍哥，我先拿盒餅乾。
先欠著！掰掰！
呼——
哎呀！是七十四歲嗎？你們沒記錯吧！
我怎麼覺得自己才五十歲！
神父要服老了！
哈哈！
神父許了什麼願？

想也知道，每年都是希望所有人健康平安。
而且還說三遍！
哈哈！沒錯！
哈哈！不見得喔。
我多許一個願望喔。
哈！是再多說一遍嗎？
我啊，希望活久一點，
有天可以幫妳主持婚禮，看著妳找到幸福啊。

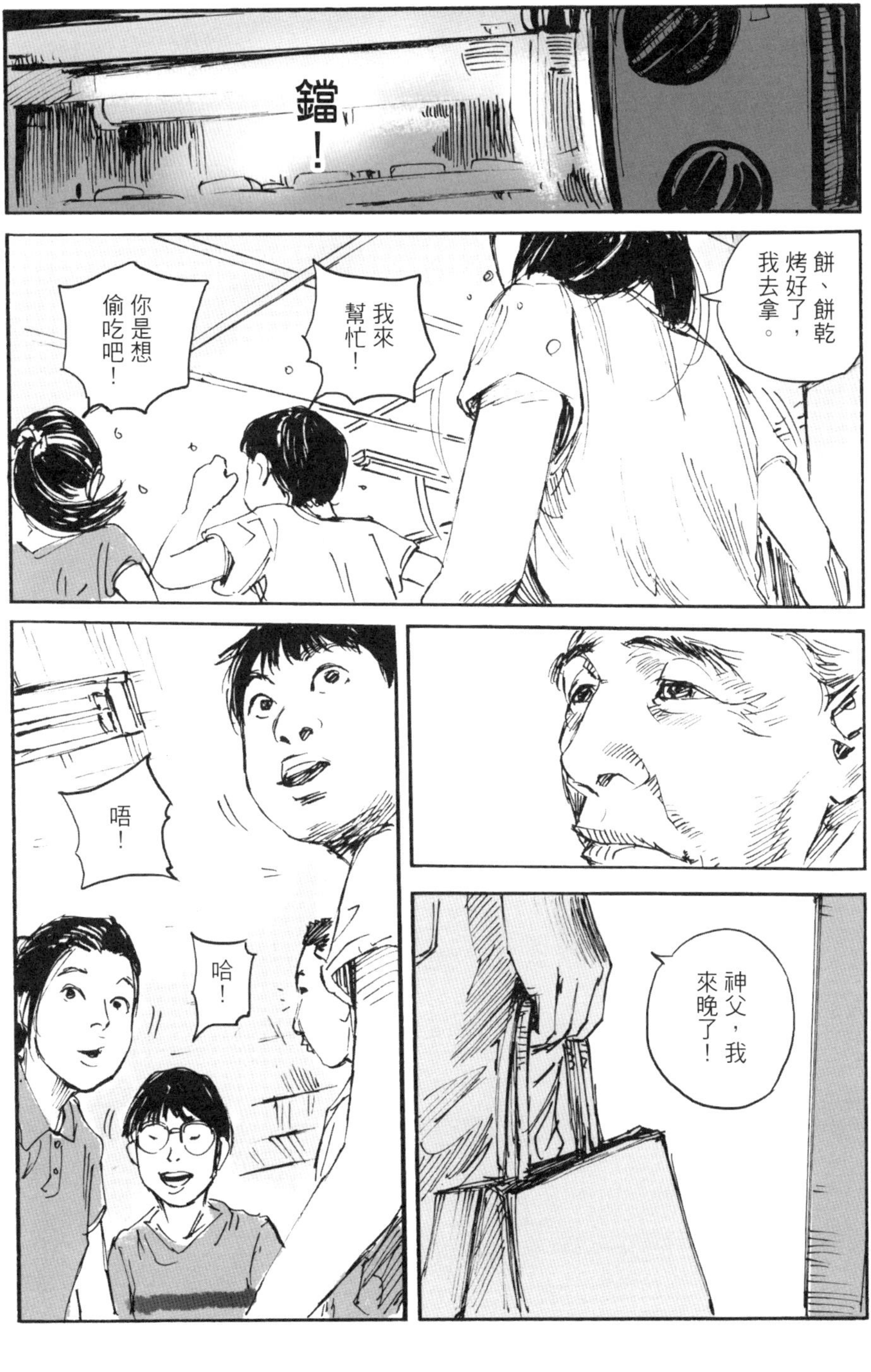

鐺！
餅、餅乾烤好了，我去拿。
我來幫忙！
你是想偷吃吧！
唔！
哈！
神父，我來晚了！

恩沛叔叔你來啦！
我們有留你的蛋糕喔！
哈哈！謝謝你們！
生日快樂！
還有禮物呀，謝謝啦！
吃餅乾囉——
唔……
嗨！

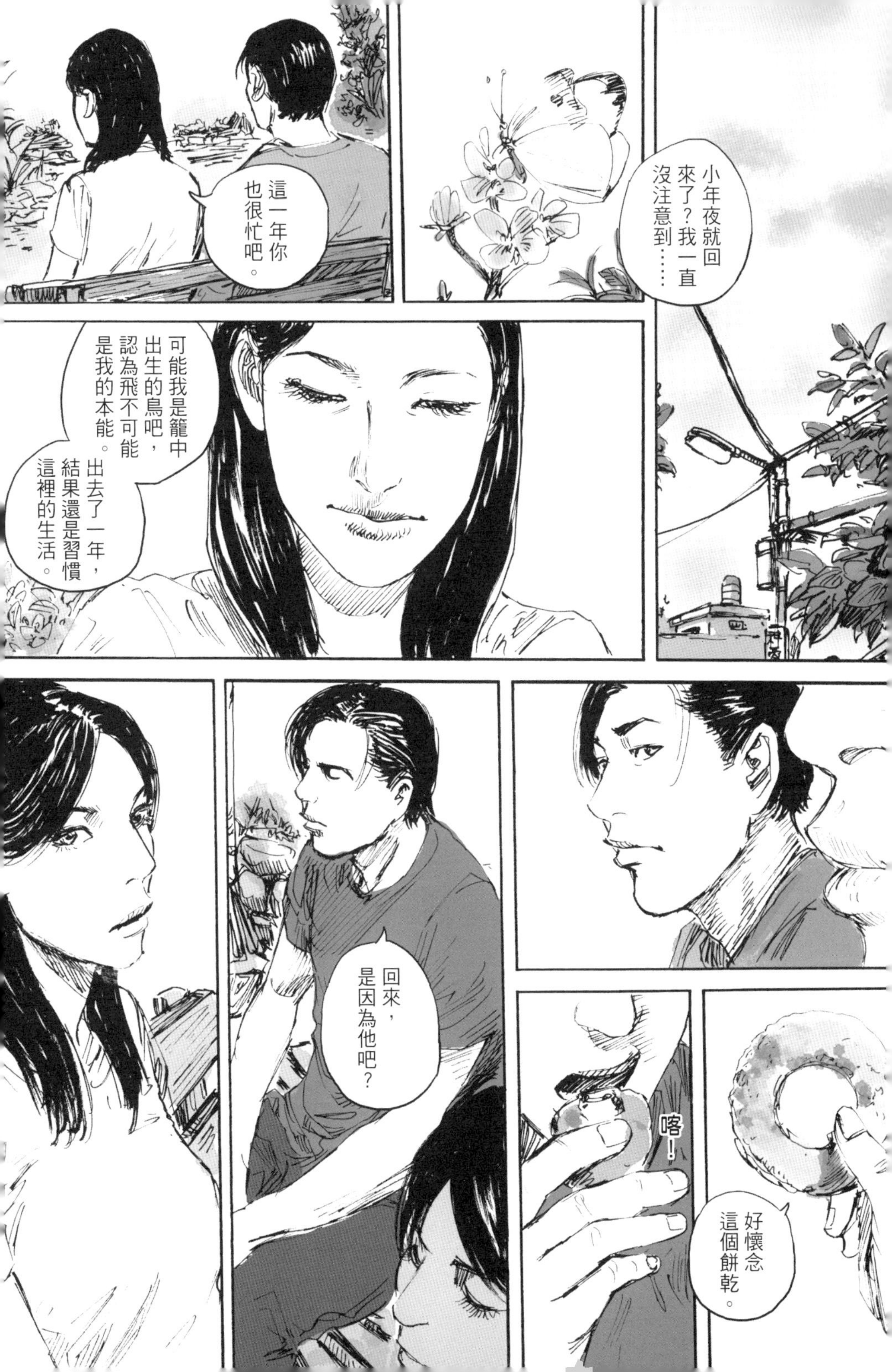
小年夜就回來了？我一直沒注意到……
這一年你也很忙吧。
可能我是籠中出生的鳥吧，認為飛不可能是我的本能。
出去了一年，結果還是習慣這裡的生活。
回來，是因為他吧？
好懷念這個餅乾。
喀！

如果當年我一出來就回到這，或許我們……
當時的我急於成就些什麼……
我希望有所成就後再回來接妳，給妳幸福。
我覺得，
幸福或許不一定和成就成正比……

和你在一起時，我覺得幸福是一條有你陪著走的路。
你離開這條路後，它變成一個人走的獨木橋……如果說，幸福需要走很久，
我希望是，只要一轉頭，一伸手，那個人就在我身邊。

謝謝你，謝謝你曾陪著我走那一段路。
原來，我一直想錯，用錯方式了。

小時候第一次吃到這種餅乾就很喜歡。
我曾把蜜餞放進中間空心的部分一起吃。
後來很多人學我，有些放梅子餅、果乾或軟糖。
每個人喜歡的口味都不同。
我記得你喜歡的是橄欖，外面有裹甘草那種。
恩沛，愛人的方式沒有什麼對錯。
一定會有人也喜愛橄欖，喜歡你給予幸福的方式，
而你也喜歡她愛你的方式。

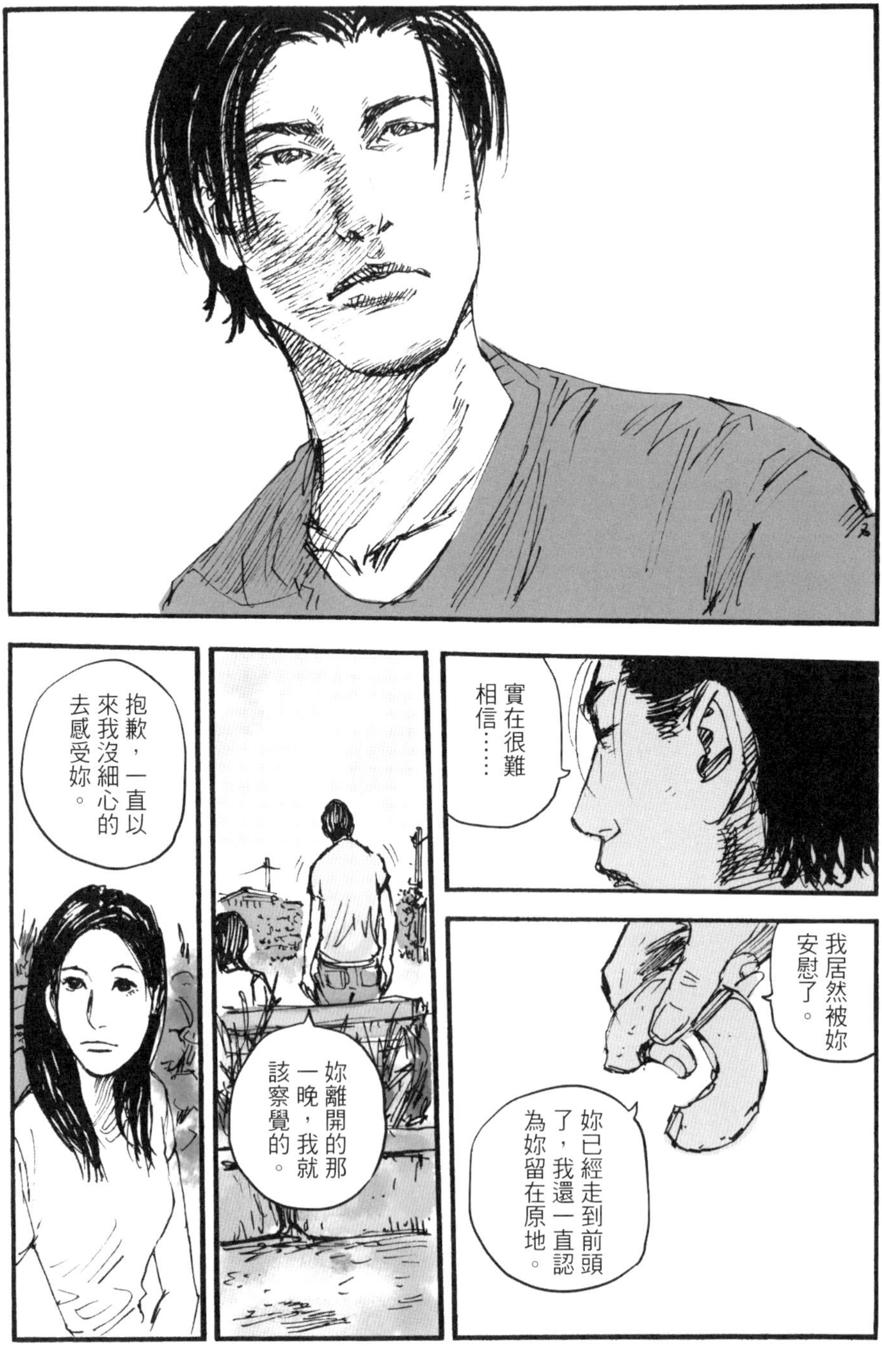
實在很難相信……
我居然被妳安慰了。
妳已經走到前頭了，我還一直認為妳留在原地。
妳離開的那一晚，我就該察覺的。
抱歉，一直以來我沒細心的去感受妳。

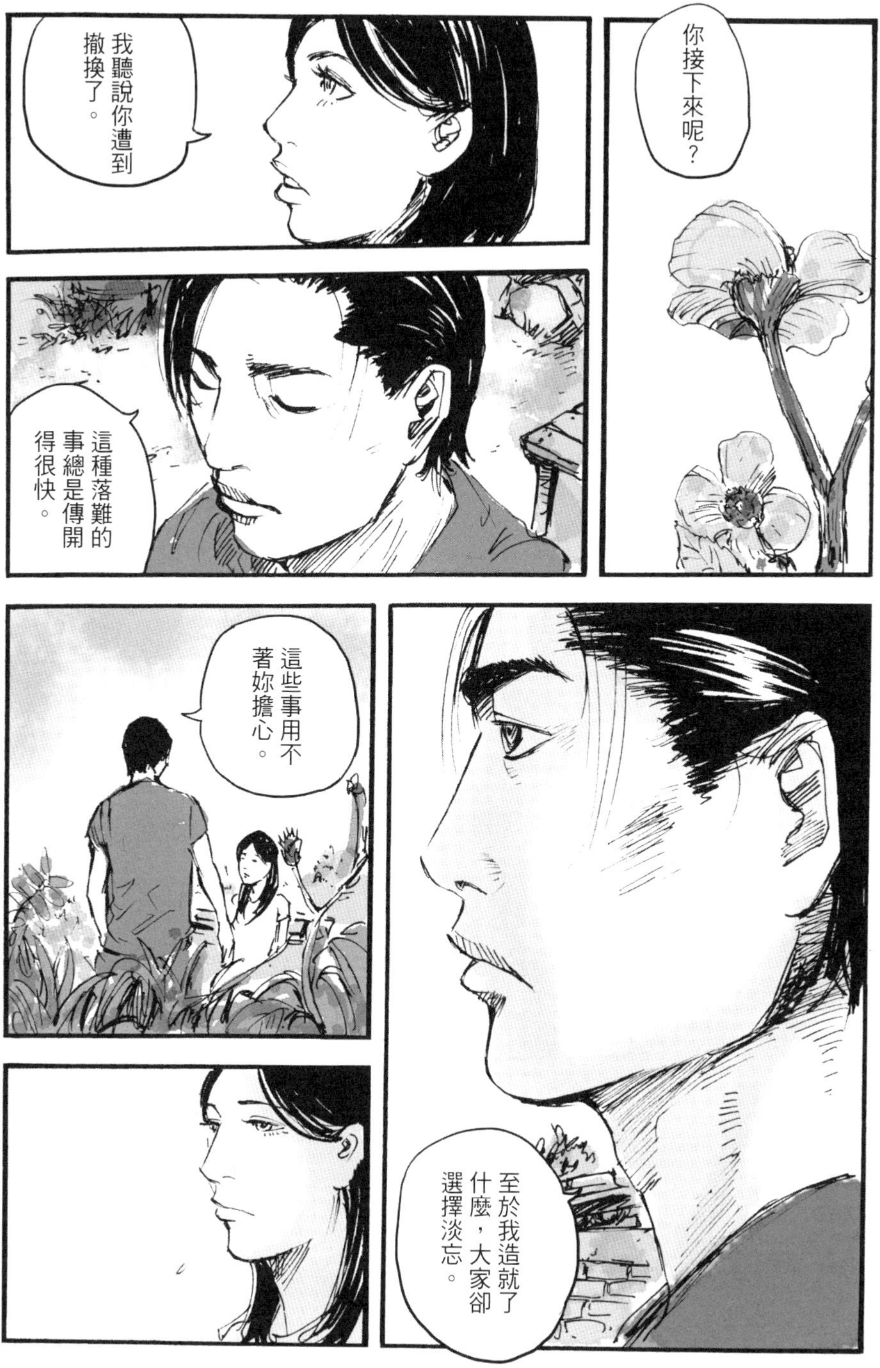
我聽說你遭到撤換了。
這種落難的事總是傳開得很快。
你接下來呢？
這些事用不著妳擔心。
至於我造就了什麼，大家卻選擇淡忘。

神愛世人
神愛世人……
可是兩金哥，我不愛你。

為什麼！
呼！
呼！
呼！
呼！
你醒啦——這裡是醫院喔。
蔡亮君
護士阿姨！
幹麼給我戴項圈？
什麼護士阿姨！人家叫鳳嬌——
那叫固定器，不是什麼項圈！
唔！
完全想不起來……

喝那麼多又撞到頭，當然斷片啊。
好好休息。
唔，來啦。
就是他送你來的。
唔！

鳳玉煮了稀飯，要我買肉鬆，她說你愛吃。
……
鳳玉呢？
她在公司交接，收拾東西。
她上個禮拜提了辭呈。
呃！
唔！好痛！
你別激動，你聽我說。
撞見的那晚，我是去鳳玉那收拾東西的。
她前一天提出分手。

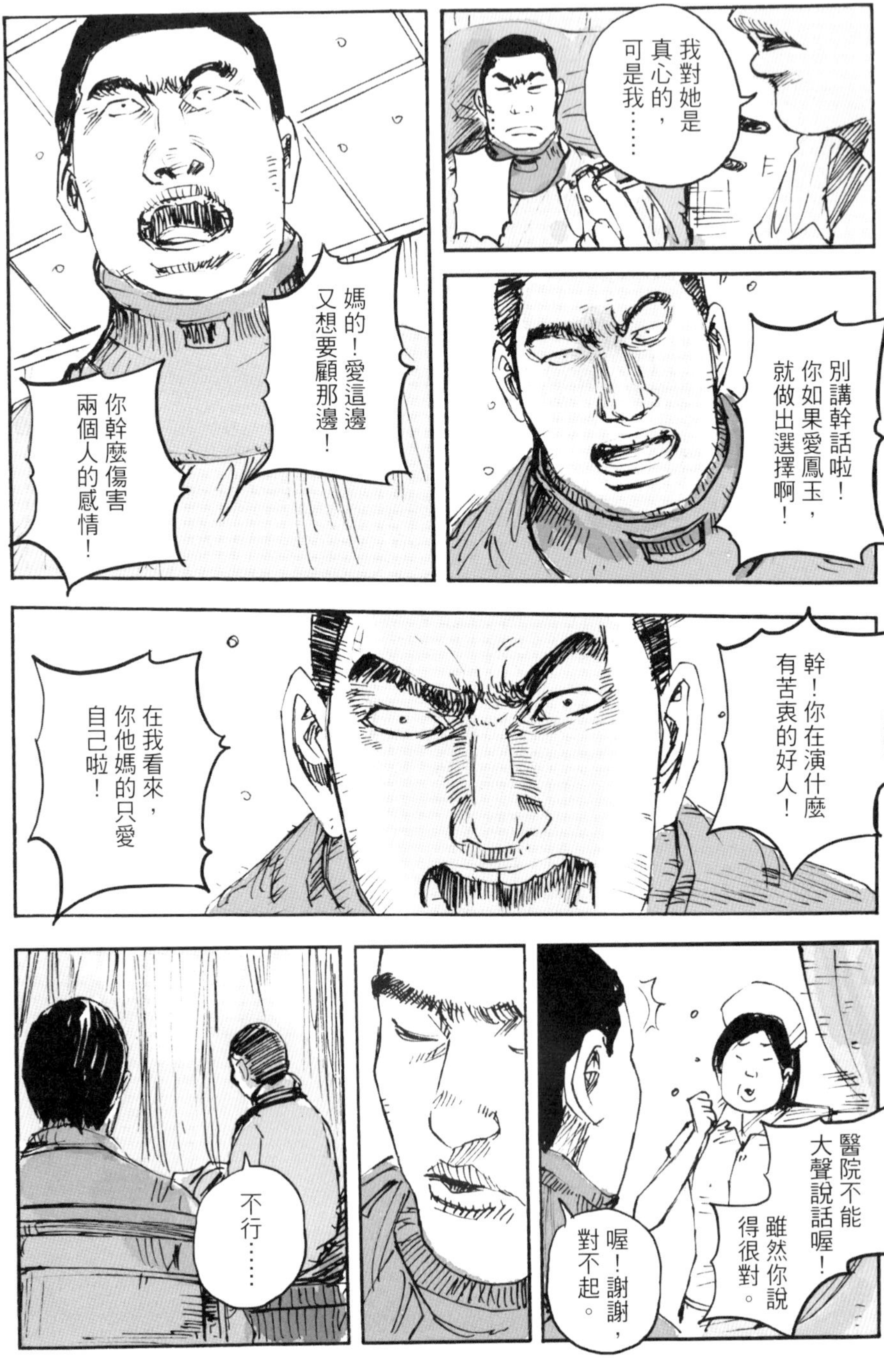
我對她是真心的，可是我……
別講幹話啦！你如果愛鳳玉，就做出選擇啊！
媽的！愛這邊又想要顧那邊！
你幹麼傷害兩個人的感情！
幹！你在演什麼有苦衷的好人！
在我看來，你他媽的只愛自己啦！
醫院不能大聲說話喔！
雖然你說得很對。
喔！謝謝，對不起。
不行……

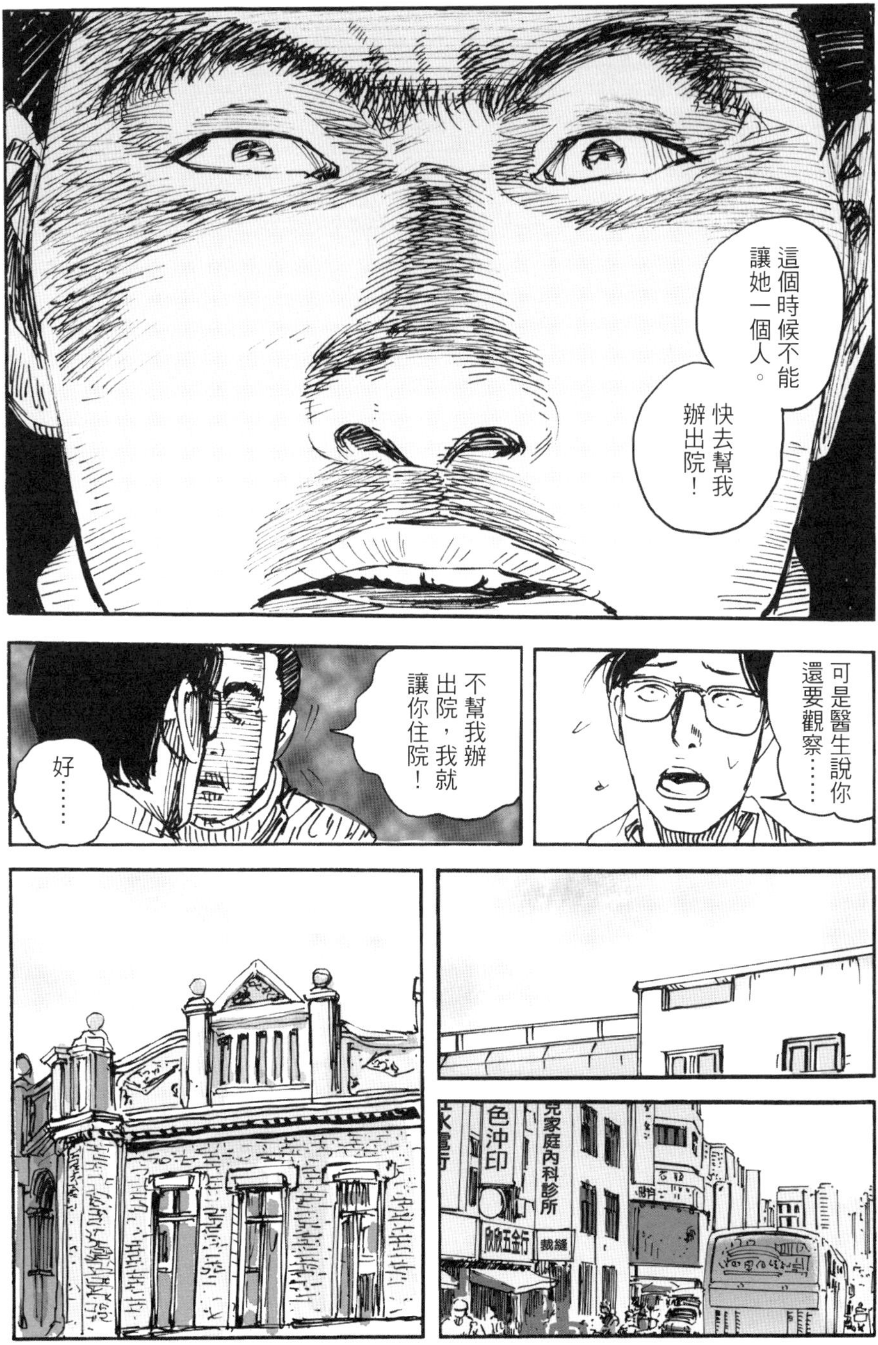
這個時候不能讓她一個人。
快去幫我辦出院！
可是醫生說你還要觀察……
不幫我辦出院，我就讓你住院！
好……
色沖印
家庭內科診所
欣欣五金行
裁縫

各位在沾發酵水要均勻，眼睛要盯著香腳的三點。
哪三點？靠近自己，左前，還有右前。
拜託各位香要握緊，跟撿到錢不放一樣！
我之前只掉過一次，為什麼只有一次？不是因為我厲害，是被我阿爸打得很厲害——
哈哈哈！
哈哈哈！
注意拿起來時盡量不要有水花漣漪，
不然下一個會沾水不均。

再來要快速的展成扇形，
均勻沾上香末，這香末是純天然的，各位不用擔心會傷到玉手。
都吃過雞排吧，雞排裹粉均勻才會好吃，香末也要沾均勻才會做出好香。
「展」之後就要「蹬」。
「蹬」完再「轉」，然後就是重複個幾次。
這樣可以把沒沾好的蹬下來，方便檢查哪根沒沾好。
記住！一定要扶好香腳。
這樣香末才可以飽實勻稱。
喔喔！好厲害喔。

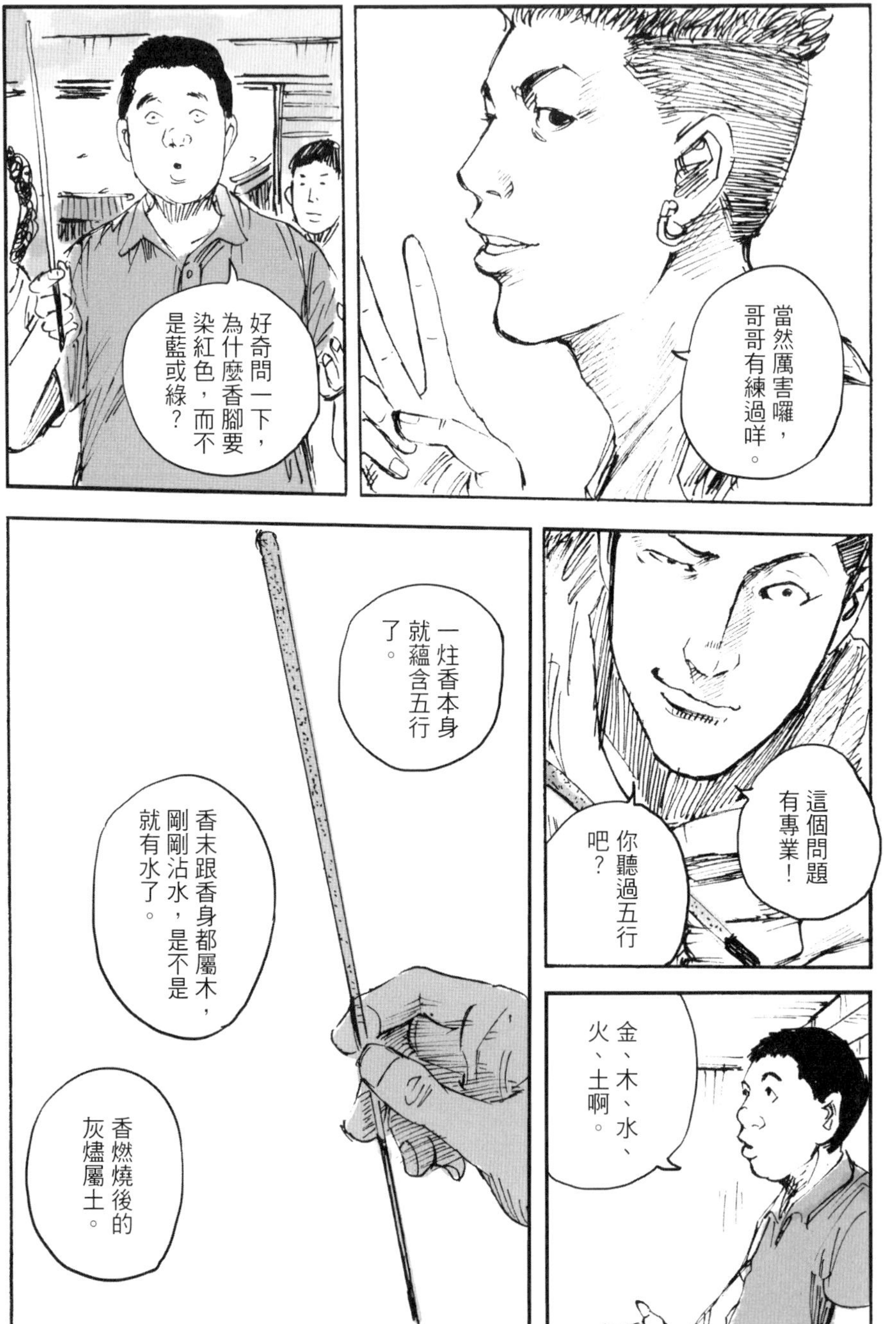
當然厲害囉，哥哥有練過咩。
好奇問一下，為什麼香腳要染紅色，而不是藍或綠？
這個問題有專業！
你聽過五行吧？
金、木、水、火、土啊。
一炷香本身就蘊含五行了。
香末跟香身都屬木，剛剛沾水，是不是就有水了。
香燃燒後的灰燼屬土。

各位有發現香腳底部有上金漆嗎？這就屬金。
所以染紅色就是意謂火。
這樣就算不點燃，它仍是五行並存喔。
再來說一下香的長度也有分別喔！
點好香
一尺六的是拜神明，
一尺三的是祭祀祖先，
所以等一下製作時不要搞錯喔！
千萬別拜錯香惹神明不開心啊。
哈哈哈！知道了！

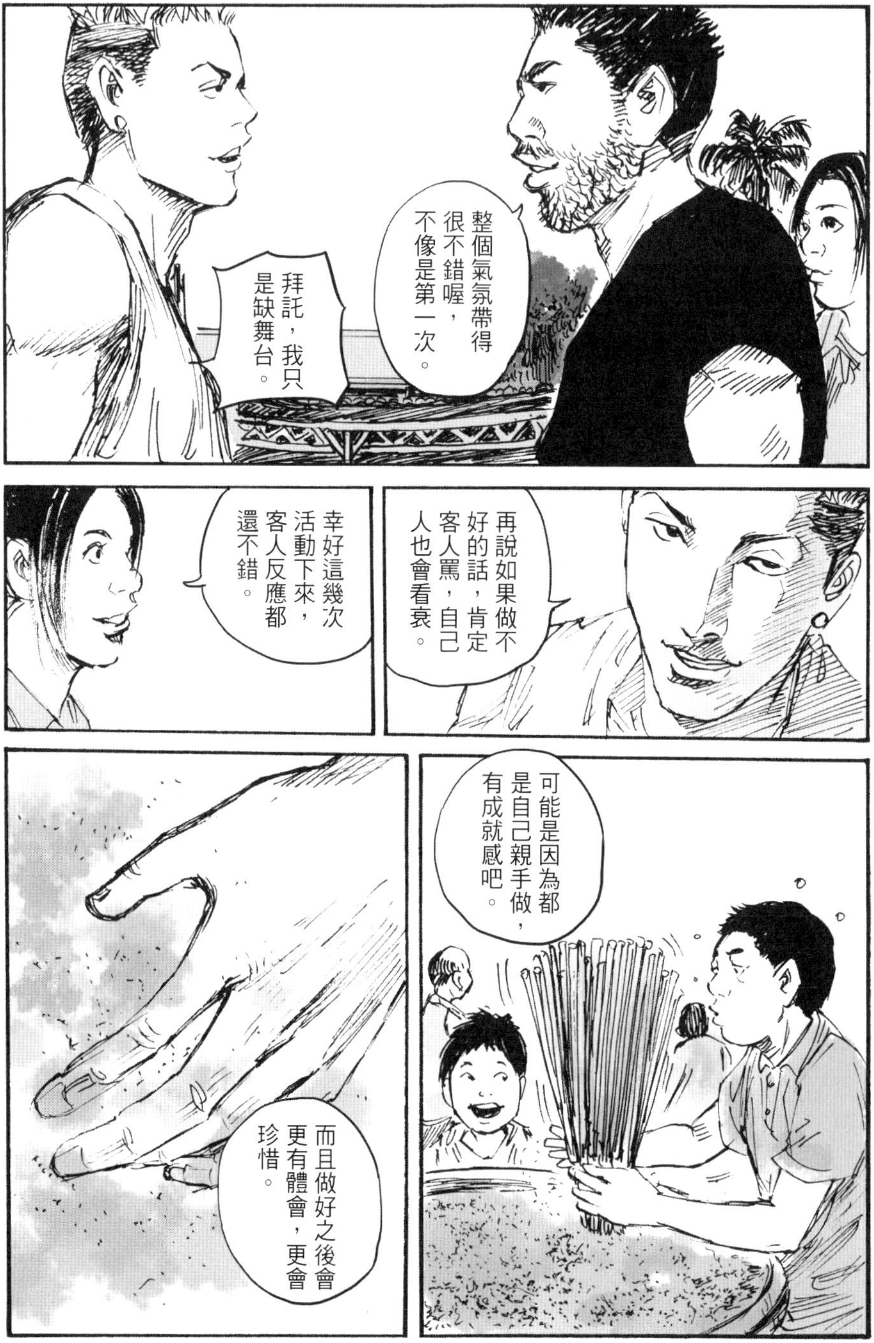
整個氣氛帶得很不錯喔，不像是第一次。
拜託，我只是缺舞台。
再說如果做不好的話，肯定客人罵，自己人也會看衰。
幸好這幾次活動下來，客人反應都還不錯。
可能是因為都是自己親手做，有成就感吧。
而且做好之後會更有體會，更會珍惜。

以前買菜都會挑三揀四，都想挑最好的。
可是當自己種之後，就體會所有的都要珍惜。
就算形狀不好，被蟲蛀都還是可以煮。
反正阿忠還是會吃。
啊！原來妳一直餵我吃這種……
雖然有人說燒香造成空汙，卻偏偏容許那麼多工廠煙囪持續冒黑煙。
多數人還是習慣透過香對神明和過往的家人發簡訊吧。
很多沒說出來的煩惱和感謝都能透過它傳達。

信仰對人很重要，
所以接下香鋪，
製作好的香也算是
一種信仰吧。
下一個行程
是冰店。
喔喔！粉圓
冰好好吃。
你感性起來
很噁心啊！
你們夫妻
才肉麻啦！
喂！稍微尊重
一下我的感性
好嘛！
小心
很燙喔！

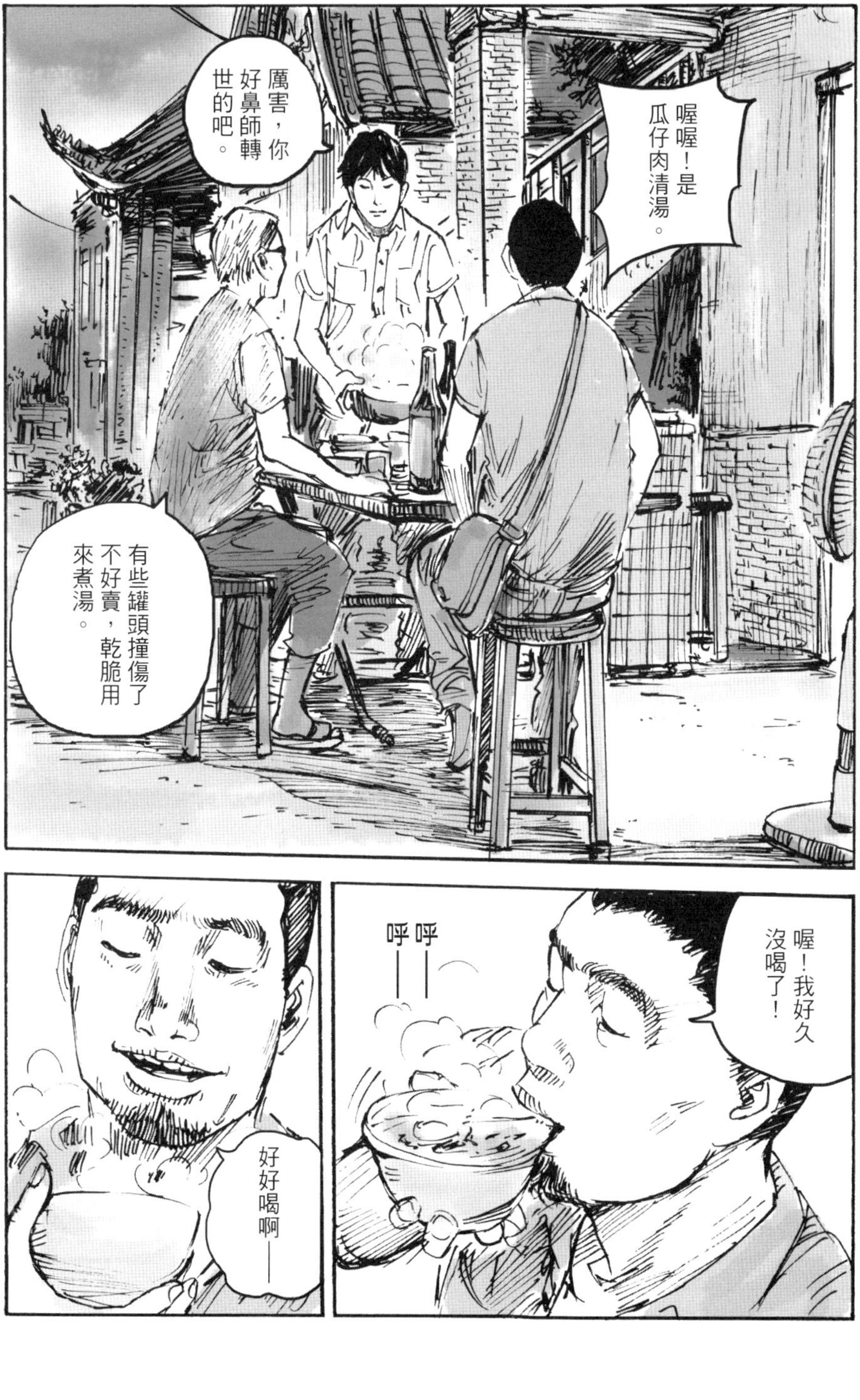
喔喔！是瓜仔肉清湯。
厲害，你好鼻師轉世的吧。
有些罐頭撞傷了不好賣，乾脆用來煮湯。
喔！我好久沒喝了！
呼——呼——
好好喝啊——

你剛說一半，後來工頭協調後如何？
工頭說集團還在說場面話，要我們等結果。
可是一方面又聽說新的執行長又重招一批工人！
這很顯然就是故意扣住不給啊。
不過明哥，還是想看看有什麼方式，不一定要集會抗議。
俊龍你個性太溫了啦。
這些財團都軟土深掘啦！
我要讓他們知道我們工人不是任人夾去配的！

我跟大家說好了！下周再不處理就去抗議！
我們都同村的，到時一定要來聲援！
來！乾杯！

阿明的那番話，
是不是讓你很為難？
……小時候明哥常帶著我們玩。
雖然他是兩金的大哥，但對我跟阿忠就像親弟弟一樣。
有時並不是事情棘手，反而是人情壓力很難處理。
他個性太直又衝，很擔心他。
不過我煩惱的不只是明哥。

新來的執行長，擺明是要製造對立和衝突。
明哥希望大家團結去抗議，可是即將上工的那一批人是不可能去聲援的。
彼此若是產生誤解跟嫌隙就更沒力量。
握有權力者如果分化了大家的力量，他們就更容易為所欲為了。
但我以前，就是在幫助財團做分化彼此的角色。

不過你現在所做的，把大家團結得很好。
你小時候是個很敏感沉悶的小孩，我很驚訝你有領導的這一面。
每個見到我的人都一直稱讚你，
害我這個做阿公的，都莫名的驕傲起來了。

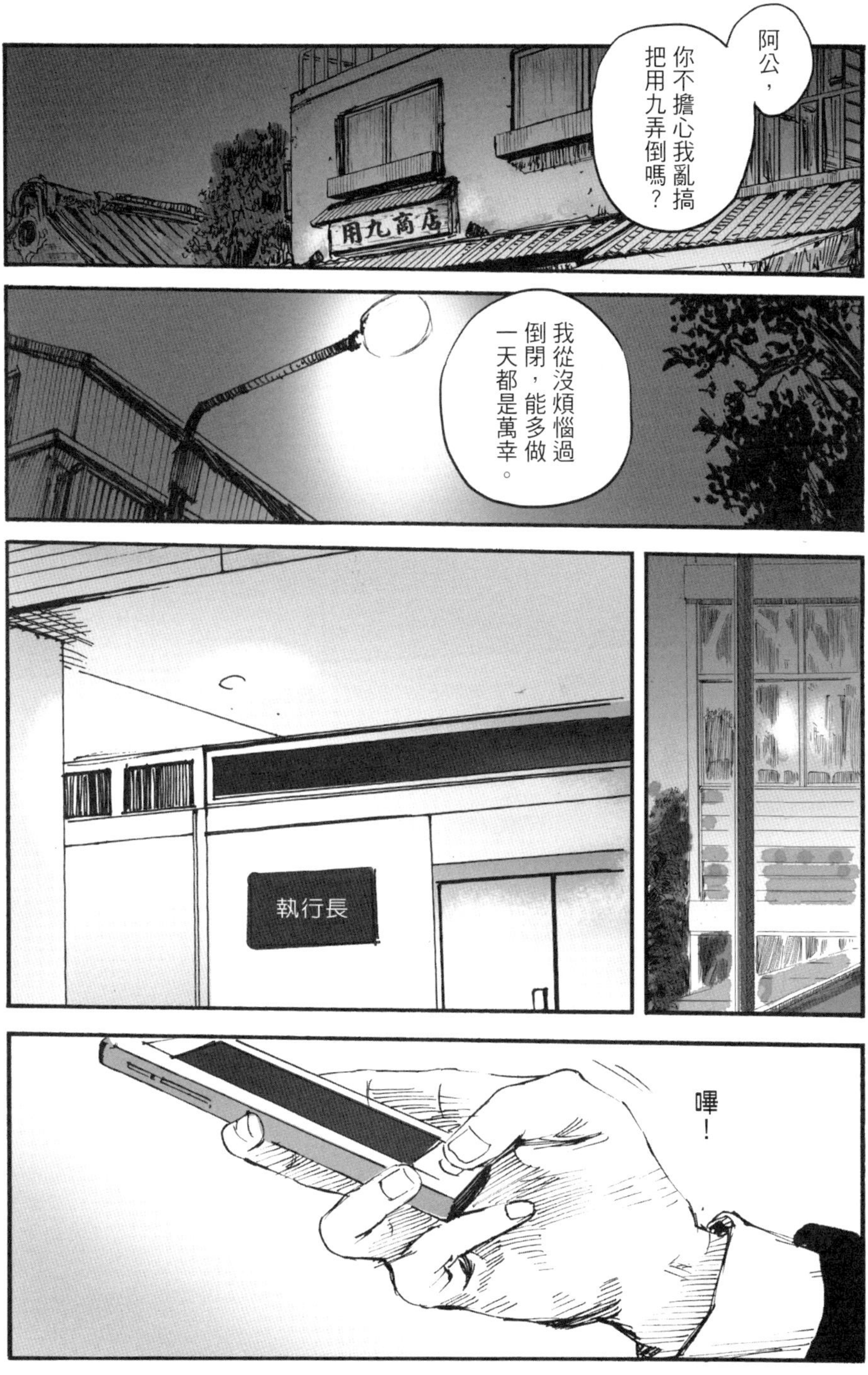
用九商店
阿公，你不擔心我亂搞把用九弄倒嗎？
我從沒煩惱過倒閉，能多做一天都是萬幸。
執行長
嗶！

這麼晚還在？
剛把資料弄好，要下班了。
那你先走，我再待一下。
唔？
執行長，謝謝您！

我在抽屜看見你幫我寫的推薦信。
真的很謝謝。
沒什麼，不用放心上。回去吧。
我還有些話想說……
那個……執行長別氣餒。
也許你會認為你被撤換，過去所做的一夕之間全部歸零……

我認為成就不是表面的名利權勢，而是一個人實際幫助了多少人！
你的成就，絕對不是用外在的一切來評斷的！

……
我說完了！掰掰！
呃！
謝謝。

呼呼呼！尷尬死了——
想到明天又會見面……啊——好尷尬。
神父！又有包裹寄來了！
姜恩沛
姜恩沛是神父的兒子嗎？
他跟你一樣姓姜。
哈哈！可惜他不是啊。

他是從這裡飛走的天使吧。
那他還會飛回來嗎？我想謝謝他。
我也不清楚呢。
真希望我以後有機會可以跟他說謝謝。

第四話。

摩天輪

別傷感於獨自旋轉的寂寞，或許孤單跟孤單也可以是一種親密。

妳媽知道妳要穿耳洞嗎？
我沒說呀。
我十八歲了耶，可以自己做些決定了吧。
我還想去染髮呢。
妳媽會暈倒吧！
嘿嘿！先做了再說呀。
感覺會很痛……
轉大人的過程骨頭也會痛。痛是成長必經的歷程吧。

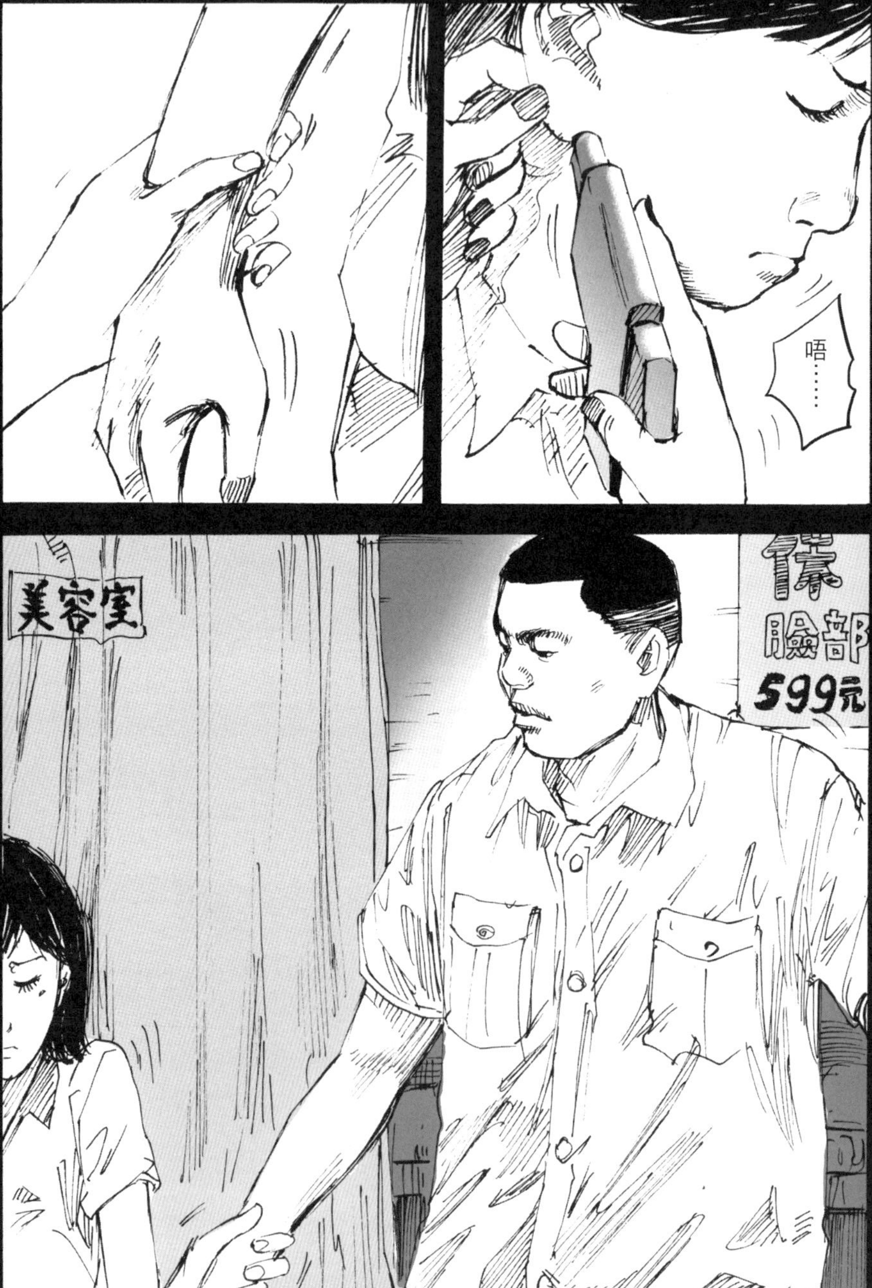
唔……
美容室
臉部
599元

黎巴
女子美容院
明明就超沒膽子，
怕痛卻又愛逞強……
結果那天
她只穿了右耳。
喏！這個給妳。
呃！你什麼時候買的？
前天吧，妳說妳想穿耳洞。

笨蛋兩金，萬一我打消念頭怎麼辦？
我沒想那麼多啊。
還好妳有來穿。
可是我只穿一邊耶，戴一邊會很怪吧。
這樣吧，等我左耳也穿了，再給我。
喔！
兩金哥。
幹麼？

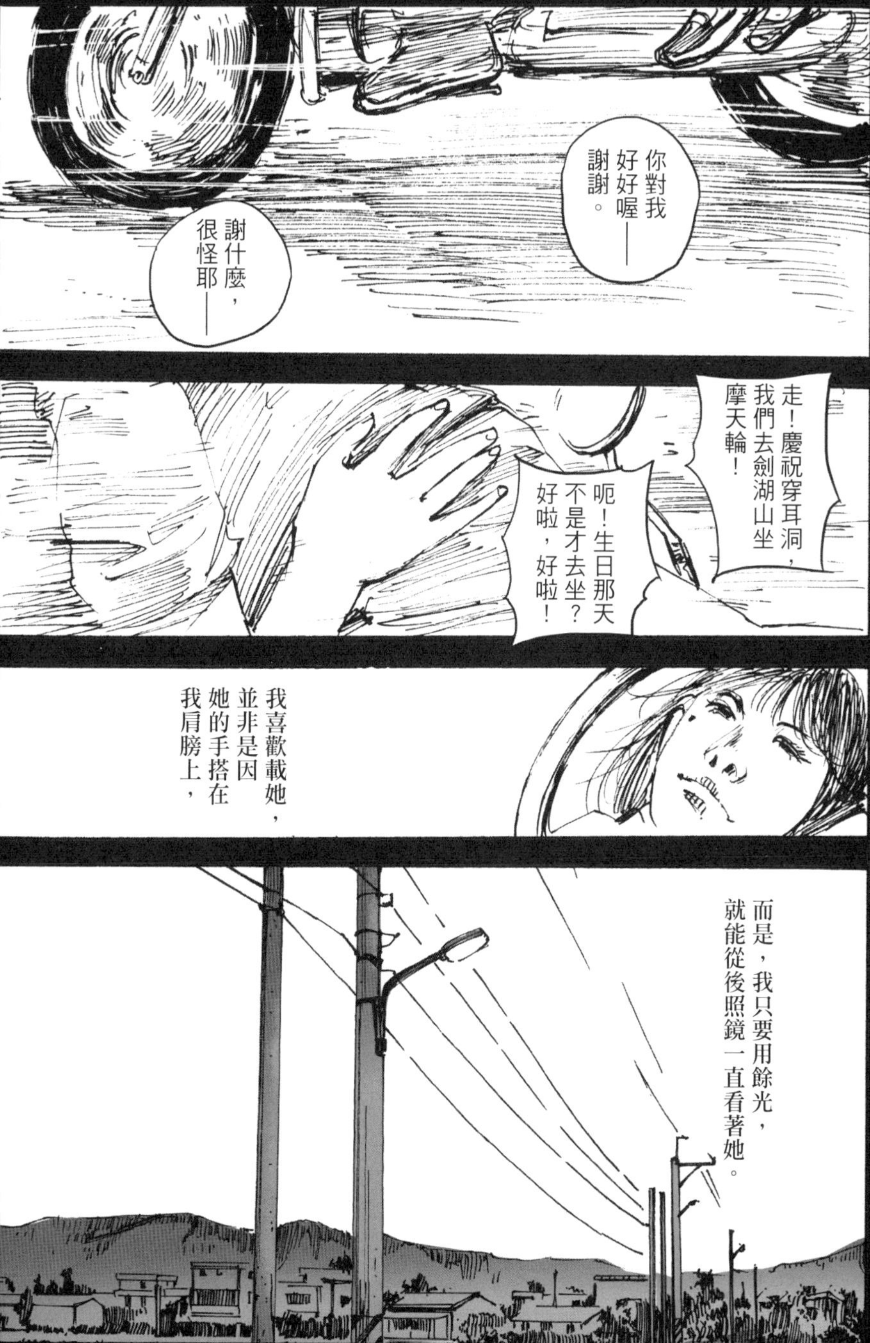
你對我好好喔——謝謝。
謝什麼，很怪耶——
走！慶祝穿耳洞，我們去劍湖山坐摩天輪！
呃！生日那天不是才去坐？好啦，好啦！
我喜歡載她，並非是因她的手搭在我肩膀上，
而是，我只要用餘光，就能從後照鏡一直看著她。

喏！拿去吧。
兩金哥……
去繞一圈吧，心情會好一點。
……不了。
能看清的時候，通常是不在裡面的時候。
我以前都急著排隊搭上去，從沒這樣好好看清全貌。

愛情也是這樣吧……
或許我對很多事都太過夢幻了。
……
女孩不夢幻就不是女孩了。
妳只是搭錯了座艙。
夢幻，要嘛就一個人搭。
要不就是一家人，或是朋友，大多是一對……

妳錯搭別人家庭的座艙了。
那只是妳自得其樂的夢幻。
我希望妳的夢幻是踏實的，開心的。
當然不只是我希望，還有妳哥、阿芬、俊龍……
德伯、
其他許多人，而他們所有人加起來的希望強度，還是會比我的弱一點點。
因為我現在就站在妳旁邊……

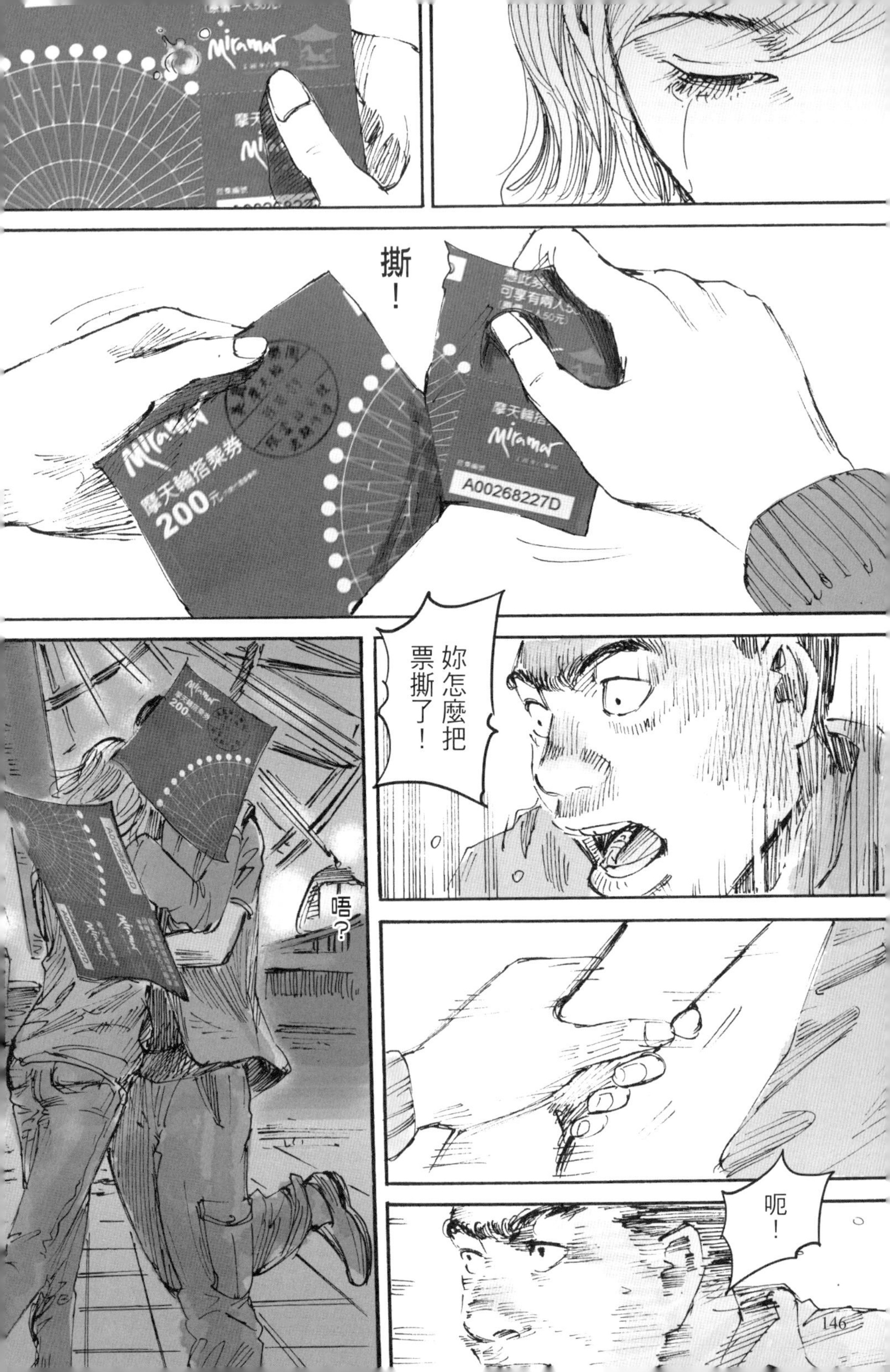
Miramar
摩天輪搭乘券
200元
A00268227D
撕！
妳怎麼把票撕了！
唔？
呃！

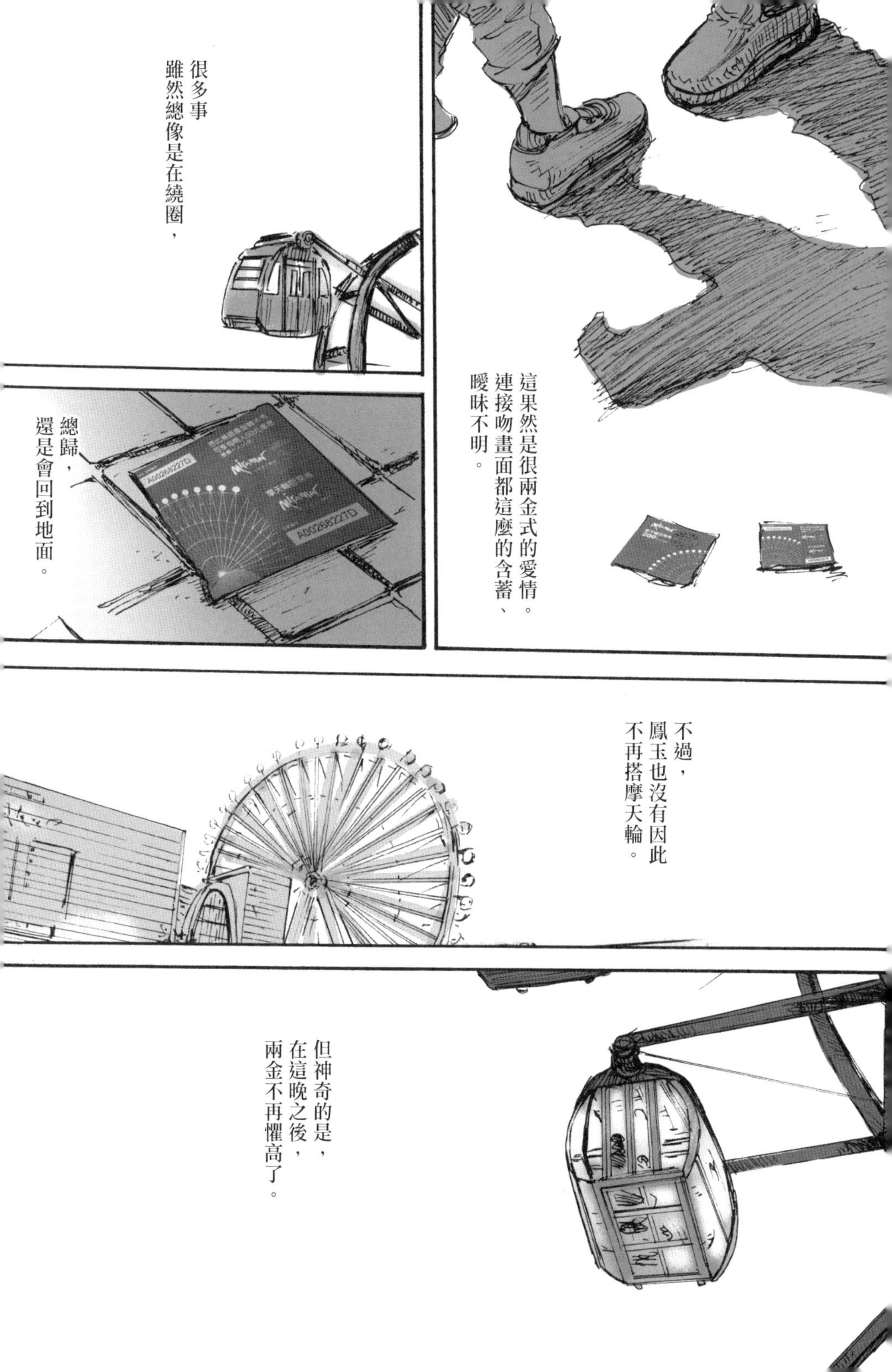
很多事
雖然總像是在繞圈，
總歸，
還是會回到地面。
這果然是很兩金式的愛情。
連接吻畫面都這麼的含蓄、
曖昧不明。
不過，
鳳玉也沒有因此
不再搭摩天輪。
但神奇的是，
在這晚之後，
兩金不再懼高了。

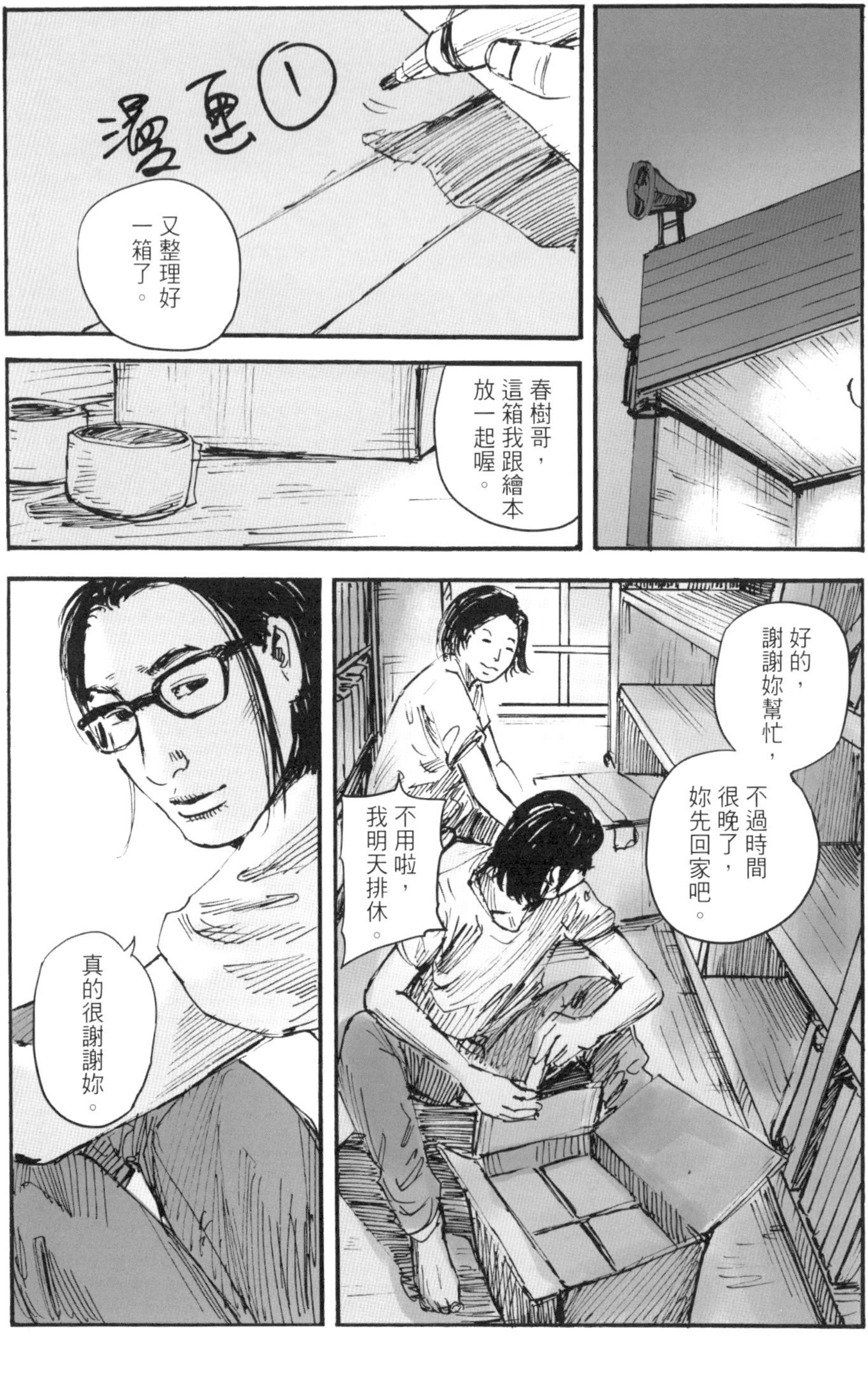
漫画①
又整理好一箱了。
春樹哥，這箱我跟繪本放一起喔。
好的，謝謝妳幫忙，
不過時間很晚了，妳先回家吧。
不用啦，我明天排休。
真的很謝謝妳。

咕
肚子餓了？
哈！該餵食住在肚子裡的「餓」魔了。
我這裡只有泡麵，沒關係吧？
泡麵很好啊，我書櫃最上面一排就是放泡麵，
而且還依照口味排列。

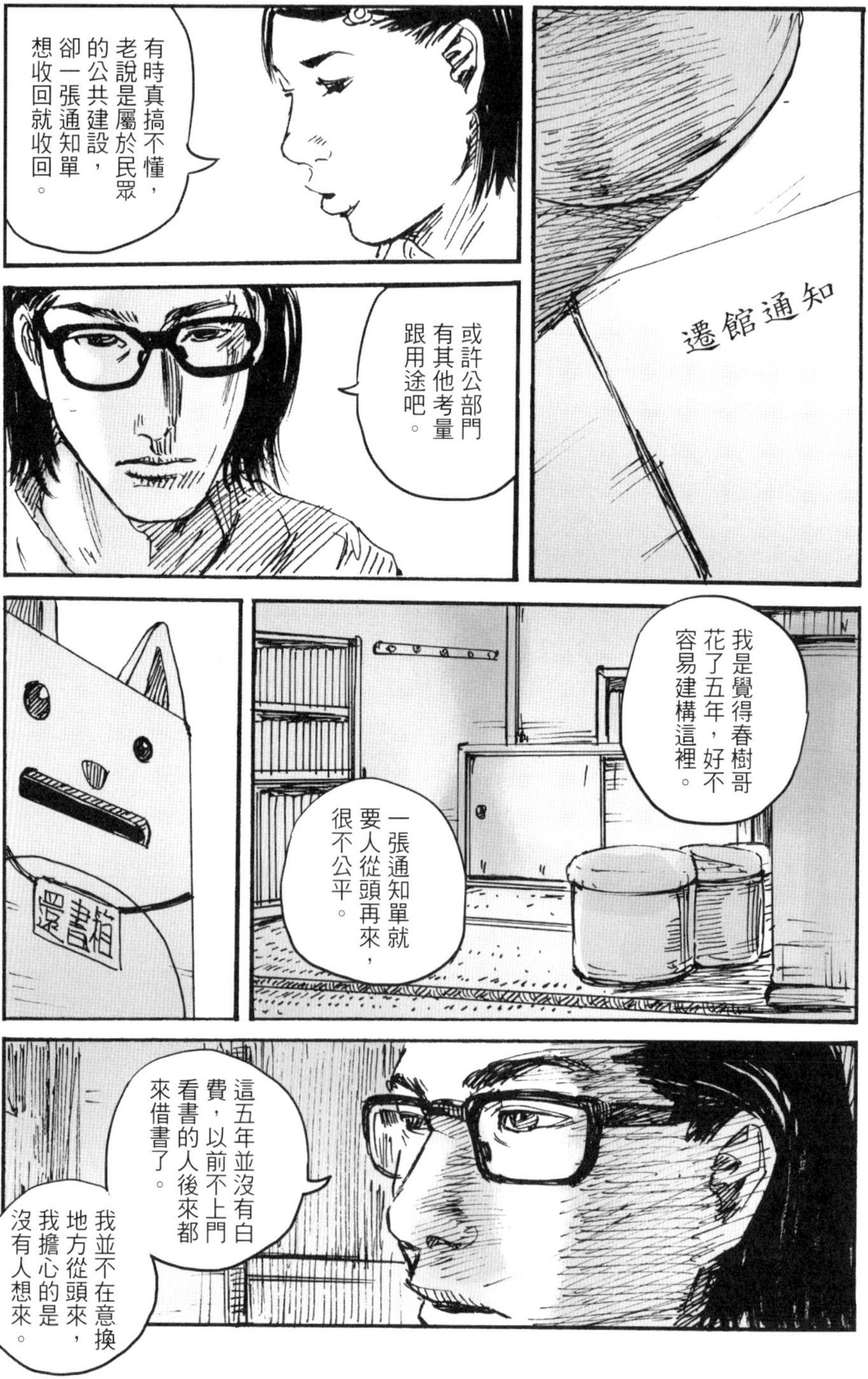
有時真搞不懂，老說是屬於民眾的公共建設，卻一張通知單想收回就收回。
遷館通知
或許公部門有其他考量跟用途吧。
我是覺得春樹哥花了五年，好不容易建構這裡。
一張通知單就要人從頭再來，很不公平。
還書箱
這五年並沒有白費，以前不上門看書的人後來都來借書了。
我並不在意換地方從頭來，我擔心的是沒有人想來。

如果大家喜歡吃泡麵的話，
不大會介意它用什麼容器裝著，對吧。
哈！是啦。
開動囉。呼——呼——
春樹哥總是有辦法用個比喻，就讓人得到安慰，不再耽溺於情緒。
我不免想說，是否因為有這樣的能力，他才能度過那麼多傷心。
雲層好厚啊，看不見月亮。
有颱風要來吧……

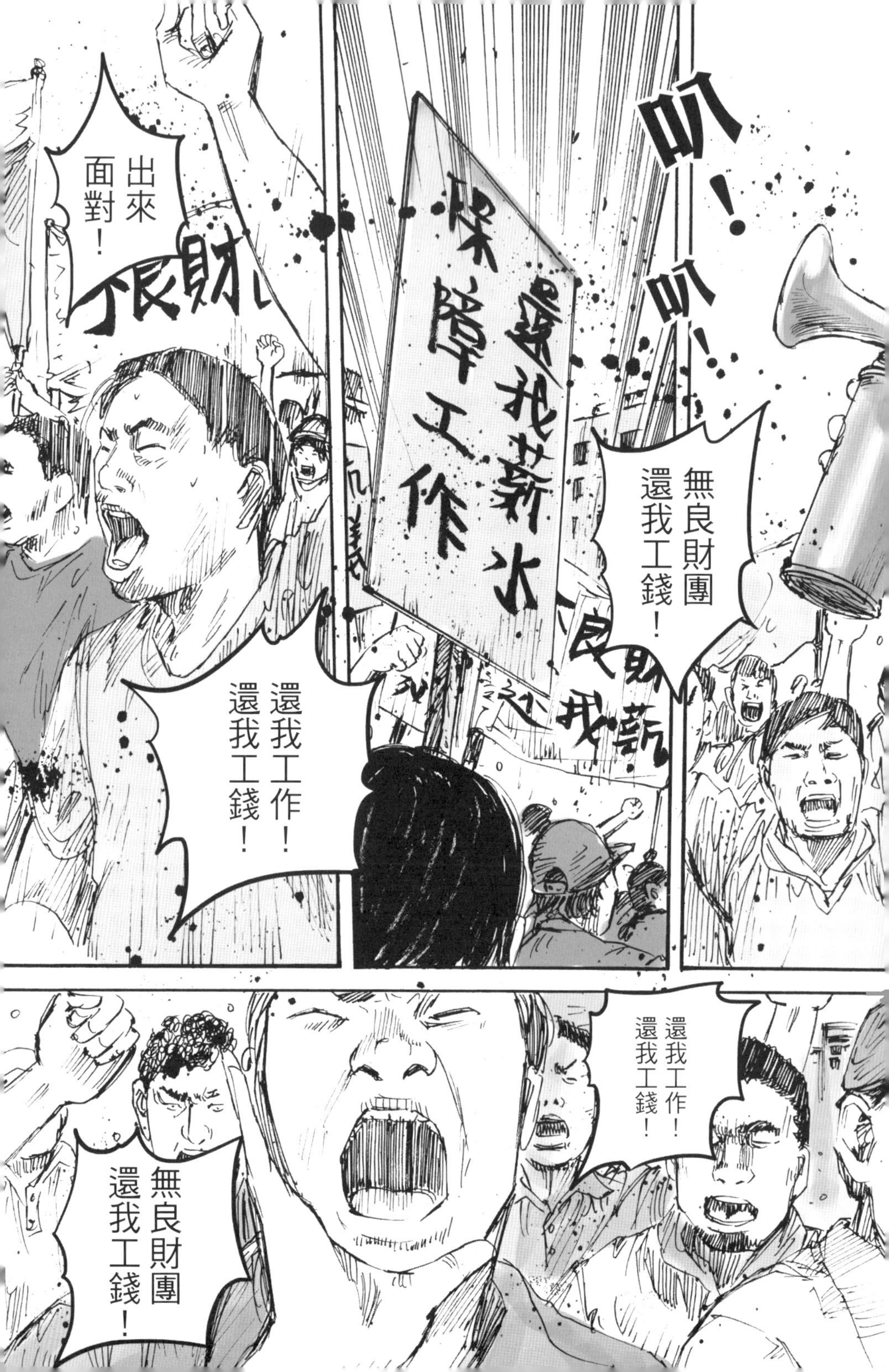

叭!叭!!
無良財團還我工錢!
還我薪水
保障工作
出來面對!
還我工作!還我工錢!
還我工作!還我工錢!
無良財團還我工錢!

這樣抗議沒用啦——只會擾民而已。
幹！吵死人！
擋住路，要人家怎麼去上班？
小賴那一組人呢？
那個……
小賴說之後要接他們的工程，所以……
他跟我說，不如就算了啦，這樣抗議，也不會拿到錢。
阿明，我想……
什麼算了！這個白痴！上一筆都沒拿到，還信財團的鬼話啊！
這種沒天理公道的事不能讓步啊！
……
你該不會也跟對方……

得罪了財團，以後日子難過的也是我們。
之前那麼多例子，你也不是沒看過……
……
我就是看過，才要大家挺身出來對抗不公不義啊！
越退讓只會更被看衰！
拿出點骨氣可以嘛！
……
抗議
對啦！你最有骨氣啦！沒有錢生活，你骨氣給我看看啊！
骨氣可以給我錢，讓我養妻小父母嗎？
你以為我就愛忍氣吞聲嗎？這個社會有權有勢才有資格大聲不是嘛！
你可以保證，你這樣抗議就能解決嗎？

答！
答！
答！
啊幹！怎麼突然下大雨！
先去躲雨再說啦！
就地解散好了啦！
有夠衰！抗個議也遇到大雨！
走了！走了！
有夠帶賽！

我們要生活!

執行長……
走吧，回去再一起商議如何解決。
我們要生活！

我沒想到，你會找他去勸阿明哥。

我去找他，妳吃醋喔？
嗯，其實我並不反對多元成家——
好吧，老實說……
我管你多元還是幾百元！別只顧著打情罵俏！
撕個荷蘭豆，撕半天還沒弄完，是要晚餐變消夜喔！
不然你也來幫忙呀。
……
等我贏錢再說！

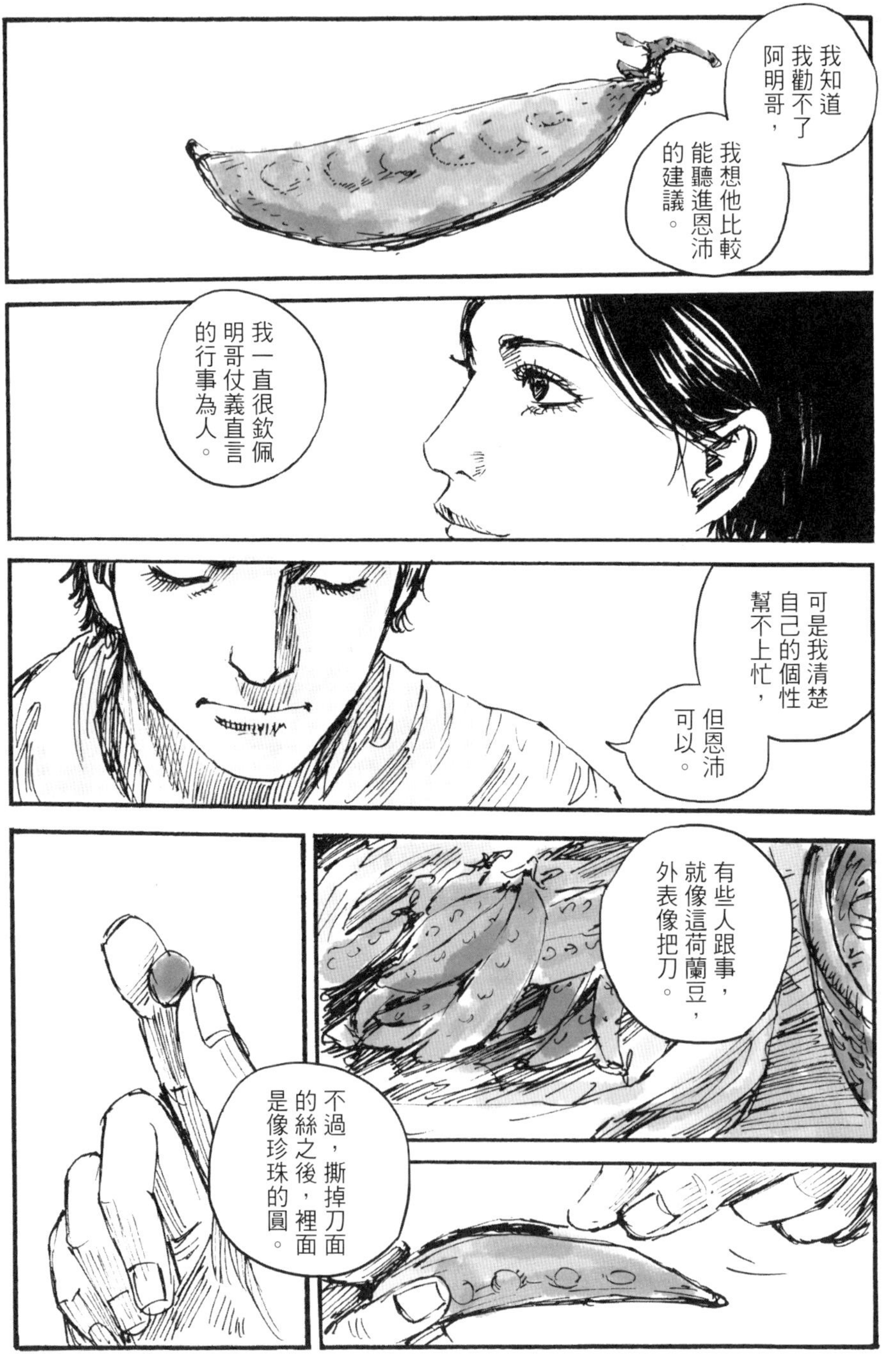
我知道我勸不了阿明哥，
我想他比較能聽進恩沛的建議。
我一直很欽佩明哥仗義直言的行事為人。
可是我清楚自己的個性幫不上忙，
但恩沛可以。
有些人跟事，就像這荷蘭豆，外表像把刀。
不過，撕掉刀面的絲之後，裡面是像珍珠的圓。

還是讓懂「鋩角」的人去處理。
嗯！
吼！動作這麼慢！我來撕啦！
就等你這麼說！
去叫二樓的小孩下來幫忙啦！
怎麼沒看到你阿公跟廟公？
我阿公去定期回診，廟公跟著去。

※鋩角：台語，物品的銳角或轉角部分，引申為事情的輕重關鍵，或比喻事物隱微卻重要的各種細節。

被雨洗過的風景都特別好看。
以前上學天還沒亮，就來這等公車。
邊打盹邊等，會想說，時間怎麼可以這麼長。
天亮了，車還沒來。
打盹打盹的，八十年過了……
唉——

呼！
現在打盹，可能是天亮，也可能是來世了。
你要跟俊龍說嗎？
會啊，因為是家人啊。

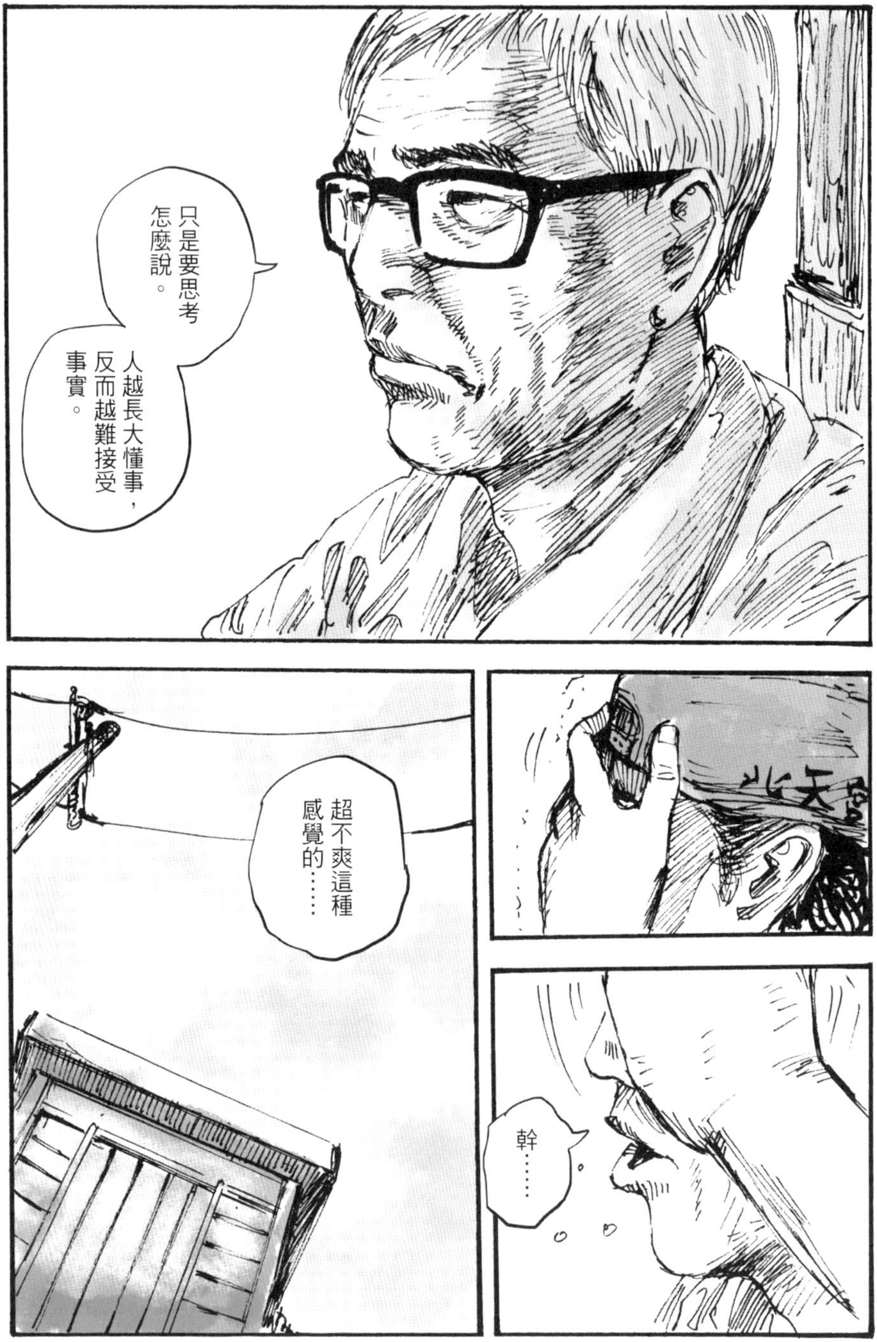
只是要思考怎麼說。
人越長大懂事，反而越難接受事實。
超不爽這種感覺的……
幹……

售票亭

好看嗎？
染髮　3999
洗＋剪　599

剪完好舒爽啊！
肚子餓了，我們去吃飯！
鳳玉！
我……我問妳……
妳親我的時候是確定了嗎？
……說實話……
我不是那麼確定……
我就知道！
可是，

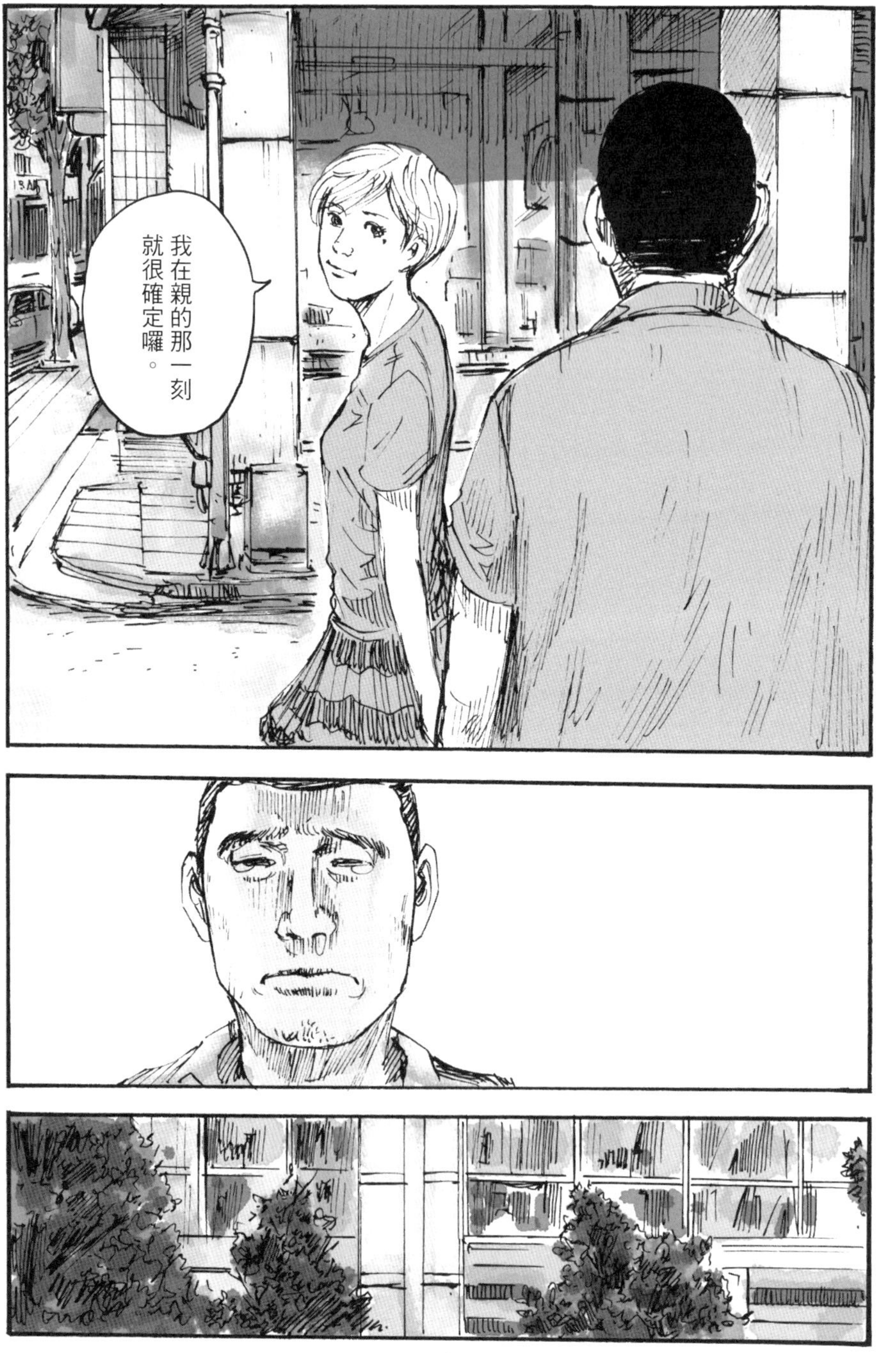
我在親的那一刻
就很確定囉。

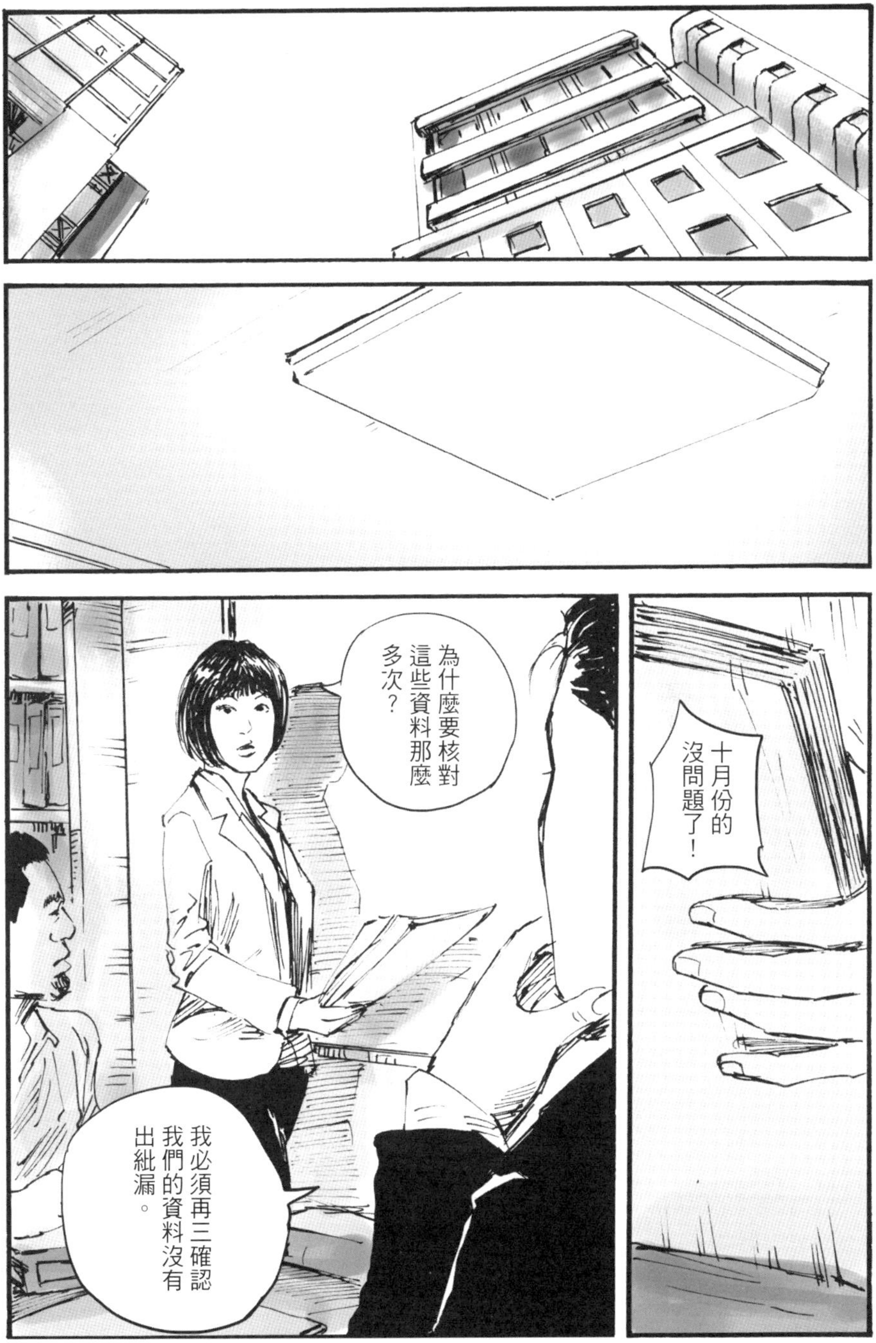
十月份的沒問題了！
為什麼要核對這些資料那麼多次？
我必須再三確認我們的資料沒有出紕漏。

確定我們沒有弱點後，我會向集團提告。

執行長！
你沒必要把自己的前途都賠進去！
對啊，你努力那麼多年才爬上這位置。
你告集團，等於讓自己連轉圜的餘地都沒了。
如果人受制於所擁有的而開始心生顧忌，那表示他對未來產生恐懼了。

我這麼做不只是為了阿明，也是為我自己。
被撤換後我曾想過如何奪回一切，
但事實上，我們還是被制約在集團的遊戲規則內。
阿明不會因為換了一個工地就失去技能；
小娟不會換了一家公司就失去會計的專業；
而我也不會因為失去集團的舞台就走入絕境。

有所顧忌，反而失去未來所有的可能性。
你跟他是怎麼說的？
也沒什麼啦。

我說，我可能再怎麼努力，都達不到他的高度。
所以他更應該珍惜在底下撐他上去的那群人。
過程中他始終一臉酷帥，但我猜想他應該有聽到，就離開了。
說真的，你也滿帥的。
妳也很美呀——
喂！我剛吃飽耶！這麼肉麻是要我吐喔！
勇伯吐完可以再吃一頓。

第五話。

彩虹

天空偶爾也會難過，流淚，因此才會被貼上七彩OK繃。

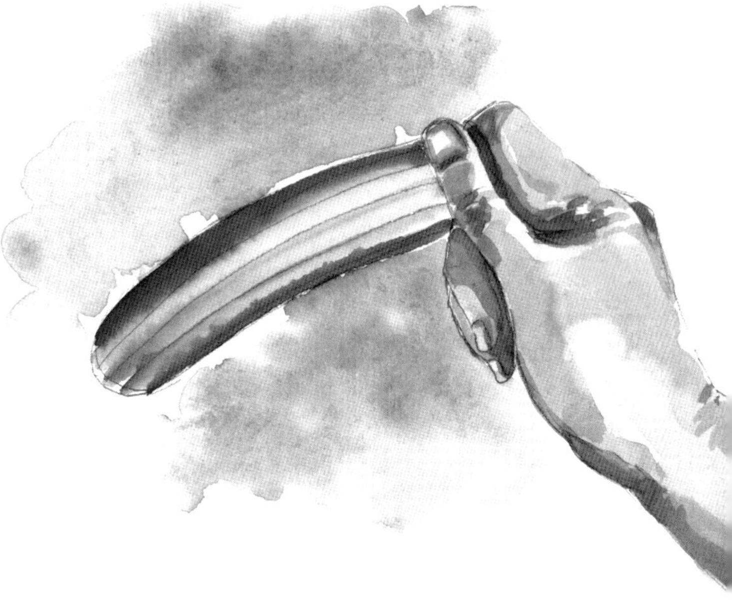

叮咚！
叮咚！
誰啊？
唔！
早啊，這位是我未婚妻，小紅。
你好。
兄弟，請你一定要來。
游永熙
或許成家後，我比較能體會你的感受吧。
實在是很抱歉……

兄弟有今生無來世的，不要有隔夜仇喔。
……
啊！小旭那個不能吃！
吃——
你的想法很好，讓我考慮一下。

實在不好意思，要不是迫在眉睫，也不會提出這樣的要求。
這間宿舍也是因為你承租才有人看顧。
我可以理解。
只是我擔心房子的結構。
我再請人來評估。

我下周會答覆你。
謝謝您。
結……結果房東答應了嗎？
再等等吧。水滴蒸發回天上，也是需要等待的。
凡事起頭難，開店也是吧。
開店？什麼店……

各位小朋友，可愛的小蝸牛最愛吃青菜了。
為了不讓牠吃掉大家辛苦種的菜，就必須抓牠。
菠菜
叔叔，如果很多隻，抓不完怎麼辦？
用藥嗎？
不可以用農藥喔，否則人也會吃到。
還有其他方法，例如撒「草木灰」也可以。
草木灰，是一種顏色嗎？
不是喔！下午吃點心時，請吉誠阿伯解說。

莧菜
各位把工具放進水桶，就可以上車囉。
好！
小小農夫
體驗營
寶貝妳先帶小朋友回去，我收拾一下。
好——愛你喔。
我也愛你喔——啾！
啾！
啾！
三月二日
17
星期二
不宜
吉事
宜
撕！

我小學有次美勞作業就是交了折紙盒。
害我被同學取笑。
哈！你阿媽手比較巧，我會的又不多。
這雨大概還要下一陣子。
又一年了，今天是我跟你阿媽的結婚紀念日。

俊龍，阿公可以跟你請個長假嗎？
呃？
開店是我的人生，
店一開，自然的就綁在一起了。
17
四月
三月二日
星期二
以前你阿媽日子都用折紙盒計算。

她都說，折完五本日曆，就去旅行吧。
船過水無痕，日子就一本又一本的過去。
但，日子似流水，生活就是浮在水上的船。
阿公，店我顧著，你想放多長的假都可以。
你計畫何時出發？
等我把今天折完再說吧。

這麼湊巧，剛好都是要去教會的路上，
又剛好遇到大雷雨而躲在同一個遮雨棚。
唔！
神啊，如果這是您的安排，就給我個Sign吧——

自畫自說
退潮才可見的島嶼

有那麼一座島，要退潮才能見到。潮退了，總會有些什麼留在岩石上，也是大家現在看得到的東西，但在潮退之前也許有更多的攀附或經過。

創作、畫畫通常處於漲潮過程，除了周圍的編輯、朋友比較清楚我目前正在做些什麼，去了哪裡，拖了多久的稿子，從外界的角度看來，應該就像是站在海岸線看海平面吧。這一本實在拖了太久才完成，如果要我仔細回想究竟在忙些什麼，似乎要花些時間才有辦法回答。

這集滿多篇幅在處理兩金跟鳳玉，可能我從沒想要把漫畫裡的人物分成所謂主、配角，人會顯得重要，是旁人願意幫你堆積墊上去。也許就是這種人人都重要，事事想兼顧的心理，常弄得我不知所措、備感壓力，不管工作上或生活上——我很討厭這樣的自己，可是又改不了。

關於本集標題「夢想與現實的拋物線」，我在糾結是要用夢想還是理想，後來覺得夢想是更遙不可及的，或者也可能僅是在跟人聊天時，說出來讓人聽聽而已；畢竟夢想要達成，不是靠任性跟韌性就可以。不過總結是——夢想達成後還是得回歸現實的生活，所以有時開頭跟結束未必那麼值得提，反而過程才是讓人可以一說再說的部分。

目前《用九柑仔店》系列授權了法文版與影視，我很期待外語版以及電視戲劇所呈現出來的樣貌，之後還會有什麼發展雖不可知，不過已完成的這些，都是憑藉一群人的努力才能推積起來的成果。日後這或許也成為一段故事，可以一說再說的過程。

謝謝所有的一切。

Taiwan Style 56

用九柑仔店 ④夢想與現實的拋物線

Yong-Jiu Grocery Store vol.4

作　　者 / 阮光民

編輯製作 / 台灣館

總 編 輯 / 黃靜宜

主　　編 / 張詩薇

美術設計 / 丘銳致

行銷企劃 / 叢昌瑜

發 行 人 / 王榮文

出版發行 / 遠流出版事業股份有限公司

地址：台北市 100 南昌路二段 81 號 6 樓

電話：（02）2392-6899

傳真：（02）2392-6658

郵政劃撥：0189456-1

著作權顧問 / 蕭雄淋律師

輸出印刷 / 中原造像股份有限公司

□ 2018 年 12 月 1 日　初版一刷

□ 2021 年 2 月 10 日　初版四刷

定價 240 元

ISBN 978-957-32-8412-3

YL 遠流博識網 http://www.ylib.com E-mail: ylib@ylib.com